U0695006

里则林

著

百花洲文艺出版社
BAIHUAZHOU LITERATURE AND ART PRESS

图书在版编目（CIP）数据

斗士 / 里则林著 . -- 南昌 ：百花洲文艺出版社，
2019. 12
ISBN 978-7-5500-3462-4

Ⅰ . ①斗… Ⅱ . ①里… Ⅲ . ①长篇小说－中国－当代
Ⅳ . ① I247.5

中国版本图书馆 CIP 数据核字 (2019) 第 251988 号

斗士
Doushi

里则林 著

责任编辑	蔡央扬　程慧敏
选题策划	吴小波　马　叛
特约编辑	周　晶
封面设计	阿　和
出版发行	百花洲文艺出版社
社　　址	南昌市红谷滩新区世贸路 898 号博能中心 A 座 20 楼
邮　　编	330038
经　　销	全国新华书店
印　　刷	湖南凌宇纸品有限公司
开　　本	880mm×1230mm　1/32　印张 8
版　　次	2020 年 1 月第 1 版第 1 次印刷
字　　数	136 千字
书　　号	ISBN 978-7-5500-3462-4
定　　价	39. 80 元

赣版权登字　05-2019-307

网址 http ://www.bhzwy.com
图书若有印装错误，影响阅读，可向承印厂联系调换。

序

那天中午，在一个漫长的剧本会开始之前，我们照例聊着各种八卦，里则林突然跟我说，帮我的新书写个序吧。我没放在心上，他这个人就是这样，常常冒出一些八杆子打不着的事，真真假假，让人措手不及。

第二天出差，临上飞机前他又跟我提起这件事，我才知道原来是真的。从那一刻开始，我便开始紧张着急，盘算着时间安排，想着尽快写好给他，毕竟他是我见过最勤奋的写作者。如果活在他的时间表里，我大概在飞机上就得完成任务。

好在里则林从来不催，他是个善良的人。我知道，在现在的语境下，夸一个人善良似乎显得不太真诚，甚至戏谑。可如果你有机会成为他的朋友，或者有时间静下来阅读他的文字，你就会明白，我很认真。

有一段时间，我手里的剧本进行得不顺利，见人都黑着脸，觉得全世界与我为敌。里则林每次看到我，都会认真地跟我说："我觉得你的新剧本写的真好，我好佩服你。"我恨不得翻一万个白眼，因为剧本只在我的电脑里，他连一个标点符号都没看到过。但是心情立马好了一万点，他经历过一部电视剧漫长的写作过程，太知道面对电脑，孤独的编剧需要的是理解和支持。

这是善良。

有一段时间，他用新得的稿费买了一辆新车，天天乐乐呵呵开到公司，就像

1

一个幼儿园小朋友大方分享玩具那样，跟我们每个人分享。想搭车？可以。想试驾？可以。如果换作别人，或许有炫耀之嫌，但在他那里，你只能感受到他的快乐和新奇，以及，他想把这份好心情分享给所有人的纯粹和真心。

这是善良。

有一段时间，他忙完手里最重要的工作，有了一段难得的闲暇。聊起接下来的规划，他很认真地跟我说要先报知遇之恩，其他的都可以慢慢来。所以面对紧接下来接连不断巨大的工作量，他一如既往毫不退缩，一为写作的热情，二为不负信任。

这是善良。

才能可习，善良难寻。

当一个人既有才能，又有善良，他的文字便轻轻松松就获得了生命力。所以即便你没有机会成为里则林现实生活中的朋友也没关系，读他的文字一样可以感受到他的善意和真挚。

我大概是在怀孕期间第一次读到《斗士》的故事，那时，我还没成为母亲，里则林已经是个父亲。看完初稿，我洋洋洒洒提了些不成问题的问题，以示作为朋友，我的认真和"有用"。

没告诉他的是，有几个晚上，我把平日的胎教读物从儿童故事换成了《斗士》。因为我觉得，即便是肚子里最原始的小小生命，也能听懂他笔下的真情实感。因为我希望，即便是从未见过世界的小小生命，也能向往他笔下的阳光美好。

至于具体的感动，留给正要翻开这本书的你亲自去感受。

潘彧

目 录
CONTENTS
— DOUSHI —

1

第一章

万人空巷

COME
GHTER

学校礼堂，几千师生都认真地坐着，看着台上的陈一白。

陈一白穿着西装，打着领带，身后有一条横幅：改变我人生的一天。

这是学校今天演讲比赛的主题。

陈一白站在台上表情严肃，张开手掌，举到半空中，光线从指缝里溜过。他严肃地看着下面全体师生，全体师生也都严肃地看着他。

陈一白忽然皱起眉头，声如洪钟地说："六年前！"

台下的师生都点点头。

陈一白："我12岁，那年还是一个麻木的孩子。直到某一天，有一个人跑过来跟我说'一白，你家真有钱'，我愣在原地，感到内心有一丝不一样的感觉。"说完，陈一白轻轻地摸了摸自己的胸膛。

台下的少年们也都感同身受地摸了摸自己的胸膛。

陈一白又接着说道："从那天起，我决定好好观察一下生活，才发现，原来不是每个人都有司机轮流开着奔驰宝马接送上学，也不是每个人一个月都有好几千零花钱的。"说到此处陈一白神情有些动容。

下面有几个同学在低头感叹。

陈一白继续说："之后我陷入了长达半个月的思考，最终忽然顿悟，我凭自己的智商，可能一辈子也没法比我爸赚更多的钱，但我爸只有我一个儿子，多年以后我继承了遗产，只要在地上多捡哪怕一块钱，就可以算作比他更有钱更成功了！"

下面的全体师生都一副惊讶的表情。

陈一白冷笑一声："所以那是改变我人生的一天，从此宇航员、科学家、歌手，这些我梦想成为的人通通都离我远去。我再没有了任何梦想，因为，只有穷人才需要梦想。"

整个礼堂都沉默了。

学校外的这座城市某处，今天万人空巷，大部分人都聚集在陈一琼的工厂门口看热闹，那连绵不绝的厂房曾是陈一琼的骄傲，如今却仿佛成了他的一只蹩脚的鞋，使陈一琼站在愤怒的人群面前，接受着供应商们的集体讨伐，寸步难行。

"你凭什么保证你能还钱？"

陈一琼："凭我还活着。"

"那你还不如死了呢，害人害己的东西！"

话音刚落，空中飞来一只皮鞋正中陈一琼的脸，然后是接二连三的各种物件，他成了一只消化愤怒的活靶，不过片刻，陈一琼衣衫狼狈地倒在地上，看着各路债主带人冲进工厂又打又砸，还搬走了一切能卖钱的东西。

陈一琼躺在了狼藉一片的地上，看着天空，面无表情。

与此同时，离工厂不远处的精尚拳社，也聚集了差不多规模的围观人群。王精尚是馆主，也是本地最知名的拳师，更知名的是他的脾气，他的脾气大到可以在 70 岁高龄时，酒后愤怒地与人打赌，输了拳就把武馆以 1 元钱的价格转让给对手。

他甚至在没有问清楚对手的赌注的情况下，就命令自己的弟子匆匆上了擂台，弟子惨败，所以此时此刻，对手雷朋正在带人入驻武馆。

王精尚指着饱经岁月的"精尚拳社"牌子，冲着雷朋大吼："这块牌子不能拆！"话音刚落，牌匾掉落在地上一分为二。王精尚看着断裂的牌子，看到的仿佛是自己武馆断裂的传承，他虽然空前，但也绝后。

雷朋站在门口，惊讶地转过头来："这不是我的武馆吗？为什么不可以？"

王精尚差点没站稳往后跟跄了一步，王胖子上来扶着自己师父，一脸忧心忡忡："师父，他说的好像也是这么回事。"

王精尚气得抬手一巴掌，把 180 斤、1 米 81 的王胖子扇倒在地，王胖子马上爬起来跪在了师父面前，眼泪开始一滴一滴地滑落下来。

王精尚一头凌乱的白发，绝望地看着王胖子，最终有气无力地挤出一句："你那个不叫比赛。你只是上台做了一次活物沙包罢了。"说完摇头摆手，走出人群，失魂落魄地向远处走去。

天空下起雨，陈一琼仍然静静地躺在地上，身边是为了躲雨渐渐散去的人群。忽然陈一白蹚起一路的水花从远处跑来，看着自家被砸过、被搬空的工厂和躺在工厂门口的父亲。陈一琼慢慢地坐起身来，失意地看向他，轻轻地叫了一声："一白。"

陈一白闻声走过去，然后蹲在他身边，把他手腕上的金色劳力士手表取了下来，放进了自己口袋里对他说："爸爸，妈妈要带我先离开了。咱家现在没有钱了，妈妈说不能让被追债的人拖累我们母子两人。"

陈一琼看了看自己空荡荡的手腕，又一脸不可思议地看向陈一白。

陈一白擦了擦脸上的雨水接着说："对了，我现在改名叫二白了。"

陈一琼皱着眉头问:"为什么?"

陈一白:"妈妈说,我就该叫二白,你是一琼,我是二白,就……一穷二白。"说完认真地看着自己的父亲。

陈一琼呆呆地看着陈二白,陈二白默默站起来,转身跑走,陈一琼忍不住大喊了一声:"儿子!"

但是雨雾中除了远去的脚步声,无人回应。

今天这座城市里,觉得自己是商界人士的,都在围观陈一琼的工厂;不知道自己该干吗的就全来了王精尚的武馆门口;还有一批"参与感很强的"骑着自行车往两处跑,都看看,旨在收集些茶余饭后的见闻和谈资。

直到夜色已深,散去的人们才渐渐回到家中。第二天晨曦刚起时,他们带着各自的见闻,穿过路边一个个早点摊位,一间间茶楼、小卖部、饭店,坐着一辆辆出租车将它们传遍了这座城市的大街小巷。

这座城市的人们迎着第一抹朝阳,却感到了看热闹不嫌事大之后的空虚感,曾经象征着这座城市繁荣的,破产了;曾经象征着这座城市不败的，也败了。他们以为永远不会变的，一夜之间全都变了。

只有太阳是照常升起的。

一片稻田的对面是一个前不着村后不着店的破旧小门店，王胖子正站在椅子上贴着几个字，贴完他拍了拍手，从椅子上下来，看了看贴好的几个大字"振兴拳社"，满意地点了点头，然后看向端坐在路边一言不发的师父王精尚说："师父，贴好了，看看满意吗？"

王精尚继续盯着马路对面的那片稻田，声音低沉地问胖子："你知道为什么拳馆改名叫'振兴'吗？"

胖子点点头说："嗯，因为师父觉得我们没落了，所以才想振兴。如果厉害的话，根本不存在振兴这一说的，对吗？"

王精尚忍不住咳嗽起来，表情愤怒地看向胖子，胖子有些紧张，手足无措间已经准备跪下。

王精尚突然叹了口气道："对。"

王胖子松了一口气，弯了一半的腿又直了回来，站在师父面前。

师父转头看了看刚刚贴好的几个鲜红大字，又看了看王胖子，表情复杂地说："去把你师兄接过来吧！"

王胖子皱着眉头，点了点头。

陈二白穿过乡间土路，站在一大堆行李中间，看着面前的那所老房子，一扇铁栅栏门后面是一扇发黑的木门，镶在一面发黑的石灰墙上，陈二白看了片刻，开始干呕。

母亲捂着鼻子，皱起眉头看了看他。

陈二白擦了擦嘴说："我对贫困不适，都是生理反应。"

母亲一脸为难地看着陈二白问道："你现在叫什么？"

陈二白抠了抠脸说："二白。"

母亲："你爸爸呢？"

陈二白："一琼。"

母亲："你们是？"

陈二白："一穷二白。"

母亲："那你应该住哪？"

陈二白下意识地指了指面前那所破房子："这里。"

母亲点点头。

陈二白看了看周围，一群着装土气的小孩跑来跑去，他忍不住擦了擦汗，然后摸出自己兜里那块爸爸的金色手表看了看，陷入了沉思。

夜里，陈一琼静静地坐在江边的围栏上，凝视着流淌的黑色江水，他仰天长叹，轻声地说了一句："告辞了，人间。"

说完头一低，突然被人从背后撞进了江里，溅起水花，他扑打着双手，呛着水，喊道："谁啊？！"刚刚喊完，他身边又扑起一个巨浪，一个庞然大物砸了下来。他在水里吓得一愣，定睛一看是一个大胖子，正在激动地扑打着水花紧张地喊着："你不能死，师兄！"

陈一琼看着身边的师弟王胖子，大喊了一句："放开我，让我死！"

王胖子喊着："别放开我，我不想死！"

陈一琼赶紧用力地在水里托着王胖子诧异地问："我以为你是下来救我的……"

王胖子紧紧抱着陈一琼的脖子，颤抖着说："师兄，我是为了让你救我，才跳下来的。"

陈一琼："为什么？"

王胖子："这样你就必须要救我，你就死不了了。"

陈一琼："那你为什么刚刚不在岸上拦着我，非要把我撞下来呢？"

王胖子擦了擦脸上的水，恍然大悟的样子说了句："对哦……"

陈一琼一脸不可置信的样子，看着王胖子。

陈一琼和王胖子走在江岸边的阶梯上，两人都气喘吁吁，王胖子躺倒在阶梯上拍着自己起伏的胸膛叹气："累死我了……"

陈一琼看了看他："难道不是我累吗？"

王胖子摇了摇头说："活下来，都不容易吧。"说完突然对陈一琼笑了笑。

陈一琼筋疲力尽地点点头，接着红了眼睛，王胖子拍了拍他的肩膀，两人一言不发地坐着抽烟。

他们面前偶尔有运沙船在夜色中沿着江面鸣着汽笛缓缓驶过，江边有人在慢悠悠地散步，背后则是一切如昨的城市和万家灯光。每一个心有沧桑巨变的人，身处此间都会感到巨大的孤独，因为一切如昨，照常运行，却只有自己不一样了。

天光乍亮，清晨冰冷的江风吹过来，王胖子打了个寒战，醒了。他连忙坐起来看了看身后的陈一琼，发现他蜷缩在一格台阶上，一只手枕在头下面，一只手扯着身上肮脏的西装外套，紧紧地包裹着自己。王胖子安静地看着自己近似乞丐的师兄，脱下自己的外套披在他身上，用手轻轻地抚摸了一下他的脸，微微叹气。

陈一琼睁开满是血丝的眼睛，看向王胖子，慢慢坐了起来，他理了理凌乱的头发，面无神采地看着初升的朝阳，打了一个疲惫的哈欠，点燃一支烟，沉默地抽着。

王胖子拍了拍他的肩膀说："师父让我来找你，接你去拳馆。"

陈一琼摇了摇头，依然沉默。

王胖子担心地说："你不过是生意破产了，房子被法院封了，老婆孩子跑了，但至少……"

陈一琼厌恶地看向王胖子："至少什么？"

王胖子："不是还活着吗？活着就有希望。"

陈一琼："你多少岁了？"

王胖子："40。"

陈一琼："初恋、初吻都还在吗？"

王胖子尴尬地点点头。

陈一琼："那这40年来，你看到希望了吗？"

王胖子挠了挠头："没有。"

陈一琼："那不就是了……"

王胖子突然站起来看向天空认真地说："这一件事没有希望，可是人生还有很多件事可以去希望。"

陈一琼无力地冷冷一笑，看着胖子继续认真地问："比如呢？"

王胖子摸着自己鼓鼓的肚子说："去师父那有饭吃，在吃饭这件事上，你至少就有希望了。"说完自己咽了咽口水。

陈一琼呆呆地盯着他，突然"噗"的一声笑了出来，烟也从口腔喷散出来，挡在他疲惫的脸前，模糊了他的笑脸。

王胖子也低头羞涩地笑了笑。

王胖子骑着一辆老式自行车，陈一琼则在后座上侧身而坐，两个老男人穿街过巷，路过清晨的早点摊，路过人满为患的公交车站，阳光洒在他们脸上，引人侧目，陈一琼拿着袖子挡着脸，只有王胖子一脸开心的样子，两人离开市区往郊区而去。

王胖子慢悠悠地骑着车，忽然一大片黄灿灿的黄花菜田出现在两人面前，在灿烂的阳光下。王胖子伸了伸脖子放眼看去，一副惬意的表情，又转头看了看后座的陈一琼，发现他正张着嘴，对眼前的景象有一些讶异。

王胖子清了清喉咙说："师兄，给你唱首歌吧。"然后他慢悠悠地唱起了《茉莉花》，陈一琼听着歌声，脸上慢慢地浮现了久违的轻松笑容，接着吸了吸鼻子，眼泪一滴一滴落下来，像一个受了委屈但又隐忍了挺久的小孩。

王胖子听见身后的动静，歌声变轻了一些。两人骑着自行车，晃晃悠悠地向路的另一头驶去。

振兴武馆门前，王精尚正拿着扫帚扫着门前灰，胖子远远骑行而来看见正在扫地的师父便立即跳下了车，朝师父奔过去接过了扫帚，王精尚冷冷地看了看胖子质问："接个大活人需要一个晚上吗？"

王胖子对着师父尴尬地说："就是大活人才需要啊！"说完自顾自低头扫地。

陈一琼扶着自行车，将它停在路旁，看了看师父，王精尚依旧一身丝质唐装，带着一股目空一切的傲气站在面前，眼睛看着对面的稻田，陈一琼小心翼翼又带点生疏，喊了一声："师父。"

师父看了看他，然后冷冷地说："出拳打我一下。"

王胖子放下了扫帚，紧张地看着他们。

陈一琼一脸莫名，他站在原地呆若木鸡，有点紧张地看了看师父。

师父不耐烦地盯着他，又重复了一遍："尽管来一下就是了！"

陈一琼点点头，深吸一口气摆起一个生疏的拳击架势，晃了几步，然后一记右拳朝着师父打去。

师父迅速侧身一避，朝着陈一琼出拳的右手臂肘关节一掌劈了下去，陈一琼"啊"了一声，但还没喊完，师父又迅速抓起他右手大喝一声，将陈一琼扯到了面前，往前用膝盖顶向他的膝关节侧面，陈一琼半跪了下来，接着师父一个马步向前，倾着身子一个肘击打在陈一琼脸上。陈一琼直接向后仰去，摔到了地上，痛苦地捂着脸。

师父整套动作严丝合缝、行云流水，一秒之内完成了防守、反击和击倒。

王胖子下意识伸手想去扶陈一琼，但看了看面无表情的师父，又悄悄把手放了下来，一脸担忧地看向地上捂着脸呻吟的师兄。

师父冷冷地瞟着地上的大弟子陈一琼，抓过旁边乌黑的拖把一下砸在他脸上，然后朝着王胖子说："从今天开始，你不用打扫卫生了。"

王胖子："师父，我不打扫卫生，那我还有什么用呢？难不成去打拳吗？"

师父："做饭。"

王胖子："好。"

师父冷眼看着陈一琼生气地骂道："一脸晦气样。"

陈一琼拍了拍身上的灰尘，默默站了起来，拿起拖把往拳馆里走去，新拳馆陈旧不堪，器材却依然是曾经的器材，只是与往日不同，这个新拳馆空无一人，他愣在原地，看着拳馆这副颓唐的样子，心疼地看了看师父的背影。而师父只是双手背在身后：

静静地盯着对面的稻田。

陈一琼低下头，开始拖地。

另一头的陈二白徘徊在一家二手钟表店门口，犹豫了一会，走了进去，看了看橱窗里的老板，老板抬头看向陈二白，陈二白从兜里摸出一只金色的劳力士手表递给他。

老板接过去看了看，钻研了一会，又抬头打量了陈二白片刻，陈二白有些不自在地看着老板，老板忽然开口道："看你穿着也不像小偷。"

陈二白点点头。

老板："家里的？"

陈二白有些不耐烦地说："哪来的不重要吧，你收吗？不收我找下一家。"

老板点点头说："收。"

不一会，陈二白拿着一大沓现金塞进挎包里走了出去。

夜里陈二白和一群小兄弟坐在夜店的卡座，开心地划拳喝酒，旁人见了纷纷蹙眉，抱怨："老板怎么把高中生放进酒吧。"

突然陈二白身边一个锅盖头小兄弟不小心打碎了桌上一瓶洋酒，大家都安静了，打碎酒的人尴尬地看向大家。

陈二白靠着沙发的身子稍微往前倾了倾，看了一眼，接着淡定地说了一句："没事，再拿一瓶！"

大家又开心地笑了起来，锅盖头凑过来对陈二白说："白总果然大气！"

陈二白笑着点点头。锅盖头径直坐在陈二白身边，手搭在他肩膀上又问："对了，你家怎么样了？"

陈二白愣了一下回道："没怎么样。"

锅盖头笑着点点头说："不管有什么事，你还有我们这帮兄弟在！"

陈二白点点头，过了一会他和一群人挤进了舞池，摇头晃脑地随着音乐摆动起来。旁边有一个年纪相仿的女生，穿着吊带连衣裙，面容姣好，时不时地看向陈二白，陈二白也注意到了她，锅盖头凑到陈二白身边，低声对他说："那个姑娘是不是对你有兴趣？"

陈二白摇摇头说："没有吧？"

心里却很开心。

锅盖头："这还没有啊？要不你过去试试……"

陈二白默默地移动到那个女生身边，随着音乐继续摇摆，女生也有意识地靠近了陈二白一点，赤裸的手臂若有似无地贴碰着陈二白的手臂。陈二白反而有点害羞和不自然。女生突然把手放在陈二白腰上，直截了当地直视着陈二白的眼睛。陈二白默默低下头。忽然女生又抓着陈二白的手，轻轻放在了她的腰上，陈二白手都忍不住颤抖了一下。

陈二白看着女生的眼睛，表情羞涩，女生对着他自然地笑着，陈二白小声问道："你叫什么？"

女生一副正准备回答的样子，突然有两个大汉从人群中非常粗暴地硬挤了进来，周围的人都被吓了一跳，开始抱怨。陈二白抬头看着那两个彪形大汉，感觉他们正朝着自己恶狠狠地走来，陈二白看了看身边散开的一圈人，他也想退到一旁，正后退时两名大汉中的一个抬手指向陈二白，声音低沉地喊了一句："就是你，小子，别往后躲。"

陈二白紧张地看着他们。

陈二白被提着衣服带了出去，锅盖头和那个女生也跟着走了出去。在酒吧后面的巷子里，陈二白忐忑地看向两个大汉，小心翼翼地问："两位大哥，我们是有什么误会吗……"

其中一个大汉脸上有道疤，咬了咬嘴唇静静地盯着陈二白，陈二白默默开口道："不会是找我爸吧……我和他没关系了……"

大汉突然大声呵斥道："你占我妹便宜，关你爸什么事？"

陈二白一脸莫名："我什么时候占你妹便宜了？"说完看了看他们，才发现刚才的女生双手叉在胸前，冷冷地看着自己。

陈二白一脸诧异。

大汉嚣张地说："你刚刚手摸她哪，你自己心里应该有数吧？"

陈二白无奈地抬头看着女生的眼睛，女生反而有点不好意思地把目光转向了别处。

锅盖头凑上来一副和事佬的样子："两位大哥，别生气……"

锅盖头话没说完，大汉抬手就拍了一下锅盖头的头，又拍了一下陈二白的头生气地说："能不生气吗？我妹年幼无知跑出来玩，趁我不在，你就上去欺负她，你必须给老子赔偿，不然今天你别想走出这里。"

陈二白摸着头不说话一脸气愤的样子，锅盖头又在旁边小声地对陈二白说："来者不善，惹不起，破点财消灾吧要不……"

片刻之后，陈二白裤兜口袋外翻，鼻青脸肿地坐在地上，擦着嘴角的血，看着两个大汉和那个女生远去的背影。在远处昏黄的路灯下，女生回头看了看陈二白。

锅盖头凑过来扶着陈二白担心地问："你没事吧？"

陈二白摇摇头，但脸上是掩盖不住的痛苦。

锅盖头看了看前方，又对陈二白信誓旦旦地说："你先回里面坐坐，我去前面看看他们往哪去了，是什么来路，之后找人给你报仇。"说着就往前面跑去。

陈二白看了看自己空荡荡的口袋，和一身脏兮兮的衣服，突然一股无名火蹿了上来，抓起旁边的一块板砖也追了上去。

陈二白追到一个巷子拐角处，忽然听见大汉和锅盖头的声音，他手紧紧攥着板砖，悄悄探出头去看他们，发现他们正站在一盏路灯下，却听见锅盖头笑着跟大汉说："怎么样，这个小子肥水不少吧？"

大汉："可以啊，你居然还认识这样的朋友。"

锅盖头不好意思地笑起来："这是个傻子，以前老带着我们吃喝玩乐，花的全是他的钱，现在他家里破产了，还在装富二代，最后诈这一笔，反正以后他也不是财神爷了。"

大汉和锅盖头在路灯下笑着。

陈二白傻愣在原地，贴墙蹲了下来，失落地把板砖默默地放在了地上，又探出头去看他们，突然那个女生抬起头，眼睛正好看向陈二白，两人默默对视着。

那个女生神情复杂，低头撩了撩头发，然后径直转身走了，锅盖头和另外两个大汉也跟了上去。

陈二白抬头望着周围繁华热闹的街道，打了一个哈欠，坐在了地上，有些难过。然后盯着远处一个与自己父亲年纪相仿的清洁工发呆。

振兴拳馆狭窄的房间里，只有一张桌子和一张上下铺，地板上放着一个蚊香盘，天花板上挂着一盏昏黄的灯。王胖子躺在上铺，他探头瞄了一眼下面，发现师兄陈一琼正端坐在床上，仔细翻着一个小本子，王胖子皱着眉头仔细看向那个本子，发现上面有许多名字，后面还有一串串数字。

王胖子突然觉得喉咙痒，下意识咳了一下，陈一琼合上本子抬头朝上看，王胖子皱着眉对他笑着。

陈一琼："还不睡？"

王胖子挠了挠脖子，又看了看几乎是贴着自己脸的那盏暖光灯泡，尴尬地笑了笑。

陈一琼有点不好意思地站起来把灯关了。

两人在漆黑中沉默着，陈一琼头枕着手，在黑暗中缓缓摸出一个皮夹，靠近床头的窗户洒进来一些月光，他就着月光从皮夹里掏出来一张照片，上面是他的儿子陈二白，他默默地看着照片发呆。

此时上铺响起了王胖子的声音："师兄，别太担心了，我和师父会一起帮你想办法还钱的。"

陈一琼把照片放回了皮夹，小声地说："你们收留我就已经很好了，况且现在拳馆一个学生都没有，你们也没有收入。"

王胖子："没事，会好起来的。"

陈一琼："不过师父这把年纪了，为什么还要重新开拳馆呢？"

王胖子盯着天花板，在床上点起了一支烟，吸了一口然后将烟雾吐在了房间的月光中。王胖子声音变得低沉，缓缓说道："因为师父说，我们每个人都有自己的战争，很多时候，我们没有输，只是还没赢。"说完王胖子自顾自地笑了笑，又吸了一口烟。

陈一琼面色复杂地点点头，两人沉默了一会。

王胖子："对了师兄，你为什么不打拳赚钱？你做生意之前可是我们这里的拳王。"

陈一琼难为情地回道："那都是多少年前的事情了？况且那天你也看到了，师父一个 70 岁的老人，一秒就把我撂倒了。许多事情都过去了。"

王胖子："也是。那我们可能要想想别的方法赚钱了，补贴一下拳馆和帮你还债。"

陈一琼"嗯"了一声。

陈一琼在睡意蒙眬中，耳边响起了拳台周围那些年代久远的、欢声雷动的声音，和拳台上一声声沉闷的击打声、喘息声。

第二天早晨，一个面色苍白、身型消瘦的年轻人站在拳馆门前，他双眼无神、满面呆滞地看着拳馆和上面的"振兴拳馆"四个大字。

师父一袭白色丝质唐装，搭着二郎腿坐在门口的椅子上。左边站立着手拿拖把的陈一琼，右边站立着手拿锅铲的王胖子。

几人都在互相打量和彼此对视着。

王胖子突然开口道："年轻人，想学拳啊？"

陈一琼接着说道："一看你这精气神很足的样子，就很有天赋啊！"

该年轻人驼着背含着胸，挠了挠凌乱的头发，又拍了拍发黄的白衬衣，白衬衣竟然就顺势掉下了一颗扣子，他本人也突然剧烈地咳嗽起来。

师父等三人都皱起了眉头，默默地用手挡住了口鼻。

年轻人有气无力地缓缓开口："我叫阿娟，刚刚从戒毒所出来，想……去夜场做保安，也想……学点真功夫……如来神掌……九阳神功……无影腿……这些……"

师父等三人都沉默了片刻。

陈一琼："小兄弟，你叫阿娟？"

年轻人点点头："对，我叫阿娟……"

陈一琼沉默了一会，又问道："看你文质彬彬的样子，为什么想去夜场做保安……"

年轻人默默地竖起一根手指说道："因为……"接着他缓缓地用蹩脚的粤语唱起了《一人有一个梦想》里那句，"一人有一个梦想……"然后认真地看着大家。

陈一琼低下了头，不知道说什么好。

王胖子清了清喉咙："那么……你也算来对了地方，我们这里是教自由搏击的，注重实战。"

陈一琼点点头，顺势拿起拖把，膝盖一顶，拖把杆纹丝不动，倒是陈一琼本人因为疼痛深深地倒吸了一口凉气。

年轻人看了看陈一琼和他手上的拖把杆，表情有一些迟疑。

陈一琼淡定地说："看到没？你如果来学了，就不会像我这样，而是可以瞬间把它顶成两段！"

年轻人一副恍然大悟的样子，张开嘴"哦——"了一声。

接下来又是一片沉默。

王胖子："所以你的决定是……"

年轻人点点头，认真而缓缓地说道："没有如来神掌……九阳神功……无影腿……我就去别的地方再看看吧……如果都找不到……我就……再去河南嵩山少林寺看看……"说完，他朝着三位深深地鞠了一躬，然后转身，缓缓朝着远处走去。

三人静静地盯着他离去的背影，忽然一阵风刮过，他晃了晃，王胖子紧张得大喊了一声："稳住！"

年轻人稳住了身形，默默转过来，对着三人客气地笑了笑，又深深地鞠了一躬。

王胖子看了看师父笑着说："这是一个好的开始，至少有人来咨询了。"

陈一琼也笑着点点头。

师父盯着马路对面的稻田，一言不发。

陈二白脸上贴着创可贴，手臂两处盖着纱布，默默走进了新学校，跟着老师往教室走去，全程无精打采地低垂着头。

陈二白站在教室前方，全班同学都好奇地看着他，老师热情地说："新来的同学自我介绍一下吧。"

陈二白冷冷地说了一句："我叫陈二白。"

底下有几个同学因为他奇怪的名字在偷笑，陈二白有些不爽地看向他们，他忽然注意到教室里唯一一个低着头的女生，穿着干净的白衬衫，用手挡住脸，陈二白奇怪地盯着她。陈二白忽然转头问老师："我坐哪？"

老师扫了一眼教室，大声说："黄希瑞，你是班长，你先和他做同桌吧，可以多帮助一下新同学。"

但教室没有人应声，陈二白只能一脸茫然地找着那个叫"黄希瑞"的班长。

老师皱起眉头看向那个低着头的女生，又叫了一遍她的名字："黄希瑞？"

黄希瑞默默抬起头来，轻声应了一声："好……"然后她紧张地看着陈二白。

陈二白也看向黄希瑞，瞬间惊讶地愣在了原地，因为他发现班长黄希瑞正是那天在酒吧合伙讹他钱，还害他被人殴打的女生。

陈二白指着黄希瑞，一副不可思议的样子，嘴巴微张正准备喊出来。

黄希瑞立即咳嗽了一声，温柔地说："陈二白同学，快坐过来吧，别耽误老师上课了。"说完微笑着看向陈二白。

陈二白冷笑了一下，手指收回来抠了抠脸上的创可贴，黄希瑞有些不好意思地看向别处。

老师在讲台上讲课，陈二白则直勾勾地盯着黄希瑞的侧脸，黄希瑞虽然有些不自然，但还是假装没事的样子，默默看着讲台上的老师。

陈二白嘟嘴吹了吹黄希瑞的头发，黄希瑞用手指把扬起的发丝又拢了回去。

陈二白小声地对她说："现在不敢直视我了？那天在舞池你可不是这样的。"

黄希瑞："好好上课。"

陈二白："没想到啊，品学兼优的班长，竟然是……"

黄希瑞突然转过头来紧张地看着陈二白，生气地对他竖起手指做了一个"嘘"的手势。

陈二白嚣张地看着黄希瑞小声地说："你就是一个骗子，难道不是吗？"

黄希瑞满脸通红轻声地说："我可以补偿你……"

陈二白表情变得严肃起来："又想骗我，到时候再冤枉我占你便宜。"

黄希瑞不耐烦地看着陈二白："你想哪去了？"

陈二白："你想哪去了？老子对你这种人可没兴趣。"

黄希瑞瞟了陈二白一眼："最好是这样，不知道那天是谁被勾得神魂颠倒的……"

陈二白："别废话，还钱！"

黄希瑞沉默。

陈二白把手伸到了黄希瑞面前，又强调了一遍："还钱……"

黄希瑞有些为难地看着陈二白："以后你的作业我都帮你做，你让我干什么就干什么，除了一些不健康的事情，可以吗？"

陈二白一脸作呕的表情："还钱……我只要钱……"

黄希瑞认真地看着陈二白说："没钱，我花掉了。"

陈二白愤怒地盯着黄希瑞，用力抓着她的手臂质问："你知道那是我最后的财产吗？你怎么好意思……"

黄希瑞忽然疼得倒吸一口凉气，眼睛一下子红了，害怕地看着陈二白。

陈二白吓了一跳，立即松了手，有些难为情地看着黄希瑞，黄希瑞泪水在眼眶里打转，委屈地说了句："对不起，可是我真的没有钱还你。"

陈二白看着她这副样子，不知道说什么好，自己生着闷气，低下头去，叹了口气，默默嘀咕道："真是戛纳影后……"

接下来一整天，两人虽然是同桌，但离得远远的，并且完全不交流。

放学时，铃声一响，黄希瑞就急匆匆地背起书包走了，陈二白厌恶地看了看她的背影，也自己默默收拾着东西，走下楼去。

他看见黄希瑞快步跑着穿过操场，往校门口走去。陈二白往校门口看，突然发现了上次一起讹他钱的那个大汉，他皱起眉头看了看，生气地说："好啊，又想出去骗钱。"紧接着快步跟了上去。

黄希瑞坐上大汉的摩托车走了。

陈二白在校门口拦了一辆出租车，让司机紧紧跟着黄希瑞他们的摩托车。

司机看陈二白一直目不转睛地盯着前面的摩托车，打趣地问："小兄弟，在追女孩子？"

陈二白缓过神来看着司机，说了句："才没有，我在严惩罪犯。"

司机点点头说："是吗？厉害啊！"

陈二白也点点头。

黄希瑞坐的那辆摩托车往酒吧街的方向驶去，陈二白指了指他们的摩托车对司机说："看到没？他们又要去酒吧作案了。"

司机点点头："嗯，看得出来。"

但那辆摩托车穿过了整条酒吧街也没停下来，司机皱着眉头问陈二白："他们没停啊，是不是我们被发现了？"

陈二白用书包小心翼翼地挡着脸说："有可能！"

过了一会，陈二白的出租车随着黄希瑞他们的摩托车到了一个医院，他们在前方停下，黄希瑞往医院里跑去。

陈二白和司机面面相觑，司机说："可能是新型作案手法呢！"

陈二白再次点点头，付了钱，下了车，也朝医院里跑去。

他悄悄跟着黄希瑞上了六楼住院部，看着黄希瑞进了一个病房，他走到病房门口，看见病房里躺着一个头发花白的中年男子。

陈二白表情严肃，认真地观察着里面的情况。

黄希瑞对躺在床上的男子说："爸爸，住院费已经交了，你就放心在这里接受治疗吧。"

黄希瑞父亲一脸惊讶地看着她，怀疑地问："哪来的钱？"

黄希瑞支支吾吾地说："表哥借给我的。"

黄希瑞父亲脸上神情更加狐疑："你表哥那个傻大个能有几万块借给你？"

黄希瑞脸红起来，有些紧张的样子："是啊……"

黄希瑞父亲看着黄希瑞的眼睛，突然拍了拍病床生气地说道："一看就是撒谎！你今天不给我说出钱的来源，我打死你……"

陈二白靠着门，默默地偷听着，突然他听见了病房里响起砸东西的声音和一声怒喝："你到底说不说？"

黄希瑞欲言又止的样子，红着眼睛。

此时病房的门被推开，陈二白走了进来，黄希瑞父亲奇怪地看着他，黄希瑞则一脸惊慌失措地看着陈二白，眼神里全是乞求。

陈二白看了看黄希瑞，又看了看她的父亲，开口道："叔叔，其实钱……"

黄希瑞对着陈二白动着嘴型"不要……"

陈二白全然不理会黄希瑞，接着说道："这个钱，是我借给黄希瑞的，因为她平时总是帮助我学习。我们是很好的朋友。"

黄希瑞一脸惊讶的同时又松了一口气，一副劫后余生的样子。

黄希瑞父亲迟疑地看着两人问道："你们该不会是合伙骗我吧？你也是个学生，哪来这么多钱？"

陈二白笑了笑，指了指自己身上的各种名牌衣服说："叔叔你看不出来吗？"

黄希瑞父亲皱着眉头："什么意思？"

陈二白愣了一愣，小声嘀咕了一句："白买了。"然后又大声地说，"我全身衣服加起来都好几万了，我是个富二代，这点钱就是我的零花钱，叔叔你就别介意了。"

黄希瑞父亲打量着满脸自信的陈二白，点点头说："真是不知道怎么感谢你才好了，我一把年纪，居然被一个小孩帮助……"

陈二白忽然认真地打断了他说："不过叔叔也不用觉得不好意思，我是来拿欠条的。你给我打个欠条，之后你要还给我的。"

黄希瑞看了看陈二白，脸上写满了尴尬，黄希瑞父亲则用力点着头说："应该的应该的！"紧接着坐起身来，陈二白从书包里拿出纸笔递给了他。

黄希瑞父亲写完欠条，陈二白拿在手里看了看，确认无误之后，面无表情地对着黄希瑞说了句："我走了。"然后又对着黄希瑞父亲说了句："早日康复！"说完，陈二白转身干脆利落地走出了病房。

黄希瑞和她的父亲看了看彼此。

黄希瑞站在病房的窗边，看向下面，正好看见陈二白站在夕阳下，两手抓着那张欠条，在半空中展开，仔细端详着，端详了一会，他又一副无可奈何的样子摇了摇头，将欠条仔细叠好，放进了书包里，默默地朝医院外走去。

黄希瑞忍不住捂着嘴笑了起来。

第二章

脱衣舞男

夜晚，王胖子骑着自行车载着陈一琼穿过闹市区，拐进一个偏僻的街角，两人站在一个亮着红色霓虹灯的地方，上面写着"康乃馨俱乐部"，整条街除了这个康乃馨俱乐部和旁边亮着白炽灯的小卖部之外，都是已经关门的商铺。

　　陈一琼扫视了一下周遭，问胖子："师弟，带我来这里干吗？保健不像保健，桑拿不像桑拿的，有点土吧？"

　　王胖子咧嘴一笑："我朋友在这里做经理，我们一起看看有没有什么兼职可以做一做的，我们可不能啃老啊，师父现在是创业期。"

　　陈一琼点点头："你说得对！"

　　两人沿着漆黑狭长的过道慢慢走进去，走在前面的王胖子掀开一个黑色帘子，一个复古的老式夜场映入眼帘，忽明忽暗的射灯配合着暧昧的音乐。在座位上的大部分都是有钱的中年女性，此时都看着台上一位身形健美的青年跳钢管舞。这群妇女脸上都散发着一股情欲的味道。

　　陈一琼有些紧张地扯了扯王胖子的衣服小声问道："你该不会是带我来做那种事吧？"

　　王胖子打量了一下陈一琼，又摸了摸自己鼓起的肚腩说："你看看我们两个的衰样，还一身汗臭，觉得可能吗？"

陈一琼也看了看自己——穿着一身土到掉渣的运动服和一双肮脏的皮鞋，无力反驳。两人站在门口往里面张望，王胖子忽然抬起手，对着远处一个西装革履的男人招了招手，那个人高兴地看向他们，走上来热情地牵着他们的手，把他们拉进了办公室。

陈一琼一脸尴尬，王胖子则小声地对他说："这就是我那个朋友，人可好了，放心！"

两人随着经理走进了一个布置简约大方的办公室，经理转过身来捏了捏胖子的脸开心地说："哎哟，胖子，好多年不见，还是这么可爱。"

王胖子挠着头不好意思地笑了笑，然后转头看向陈一琼，又看了看经理说："这是我师兄，一起来的，也一起照顾照顾……"

经理热情地拉着陈一琼的手说："明白明白，你好，叫我David梁就行。"

陈一琼也客气地笑了笑，一脸疑惑地看向胖子小声问："什么梁……"

王胖子凑到陈一琼耳边说："大卫梁！"

陈一琼恍然大悟地点点头，也双手握着David梁的手，热情洋溢地喊了一声："卫梁哥，承蒙关照了！"

David梁也开心地点点头，然后绕着他们走了一圈，眼睛不

断地打量着两人，让他们都有些紧张和羞涩，过了一会，David
梁点点头自言自语道："我明白了……"

王胖子迟疑地看着David梁："梁哥，怎么说……"

David梁胸有成竹地冲着他们点点头说："没问题，留在这
里上班吧，你们走的是重口味。"

两人沉默且一脸不解地看向梁哥。

善解人意的梁经理看出了两人的疑惑，解释道："这里的客
人啊，审美天差地别，看多了小鲜肉，说不定也会喜欢你们这类
陈年腊肉。你们吃过川味腊肉吗？"

两人点点头。

David梁双眼放光地看着他们，全身忍不住打了一个饥渴的
寒战："又咸又辣，决定了，录用你们！"

陈一琼呆滞地看着王胖子，一脸不解地问："那到底是让我
们干什么呢？"

王胖子也疑惑地摇摇头。

片刻之后，两人站在舞台下方，都光着身材很差的上半身，
全身只穿一条紧绷的亮皮质三角裤。陈一琼全身颤抖，用手捂着
自己的身子，一脸不可思议地看着这一切，王胖子也紧张得直哆

嗦，两人面面相觑。

梁经理则一脸兴奋地盯着他们感叹了一句："Perfect（完美）！"然后对着旁边的工作人员说："放音乐！"

场子里响起了一首暧昧缠绵的音乐，梁经理用力一拍两人的屁股，把两人吓得原地跳了起来，梁经理："上去呀，摇摆起来！"

两人抖着腿，面色苍白，走上舞台，站在聚光灯下，木讷地看着下面一群妇女，场下各处正在喝酒的妇女们都默默地放下了杯子，抬头冷漠地看着台上他们两人。

两人尴尬地笑了笑，然后继续像块木头一样站着。

突然下面响起了一个酒杯砸碎在地上的声音，台下正中间坐着一个穿着贵气的胖女人，正生气地盯着他们两人。

梁经理在台下着急地小声招呼着他们："摇摆，性感，跟着音乐，动起来啊！"说着开始自己搔首弄姿地现场教学。

两人也有样学样地开始现学现卖，开始在台上别扭地摇摆。

梁经理在下面又小声强调："表情！微笑！魅惑！"

两人又生硬地挤出了一丝魅惑微笑。

忽然下面传来一阵粗壮低沉的笑声："哈，哈，哈……"

两人看过去，正是刚刚摔酒杯的那个胖女人，两人被这个奇怪的笑声弄得有点惊慌。

胖女人突然站起来，一手拿着一瓶威士忌，一手拿着酒杯，大喝了一声："好！"喝完彩兴奋地给自己倒了一杯酒，通红着脸一饮而尽。

两人摇摆着身躯，放松地笑了笑。接着台下所有妇女都从一开始的淡漠表情变成了欣赏和开心，她们兴奋地看着他们两人。

梁经理在台下拍了拍自己的胸膛，松了一口气。

正中间那个妇女笑得合不拢嘴，有气无力地操着一口北方口音对着身边的人说："这俩丑东西太逗了，哈哈哈哈哈，老娘我快不行了……"

而舞台上，两人在聚光灯下，卖力地摆动着笨重的身子，做着一些跟不上节奏的笨拙动作，额头、鼻尖都渐渐沁出汗滴。

渐渐夜深，在"康乃馨俱乐部"门口的陈一琼和王胖子两人换回了自己的衣服，梁经理心满意足地看着他们两人，给了他们一人 200 元钱，充满期待地对他们说："明天晚上 8 点，准时来啊！"然后用力地拍了拍他们的肩膀。

两人疲惫地点着头，真诚地感谢了一句："谢谢梁哥！"

梁哥满脸善意地摆摆手，示意两人不用客气。

陈一琼坐上王胖子的自行车，两人缓缓离去。路上吹来潮湿的风，两人吸着鼻涕，王胖子忽然不好意思地对身后的陈一琼说：

"师兄，对不起，我不知道是这样的……"

陈一琼轻轻拍了拍胖子的后背有气无力地说道："说什么对不起？至少我们今天挣到钱了，不是挺好的吗？！"

王胖子点点头，两人蹭着路灯的微光，往郊区的拳馆而去。

陈二白躺在一张破旧的木床上，木床挂着灰白色的蚊帐，一翻身就吱吱作响，让陈二白感到烦躁不安。他头枕在双臂上，正对窗户，看着窗外的苍白月光。

窗户外突然亮起一阵强光，接着是车轮摩擦路面沙石的声音，一辆车在外面停下，发出两声关闭车门的闷响。

陈二白皱起眉头，听见一个陌生男人的声音说道："要不今晚别回家了。"

陈二白母亲："下次吧。"

陌生男人："那又不是你的亲生儿子，你也不用负这个责任的。那个男人更不关你的事了吧？为什么要让自己这么累呢？"

窗外沉默片刻，两人也许在缠绵告别，过了一会响起高跟鞋往家里走的声音。

陌生男人声音再次响起："你好好考虑一下吧，别让自己太累了。"

陈二白的母亲"嗯"了一声。

陈二白看着门开了，然后看着自己打扮精致的后妈走了进来，她径直进了自己的房间，房间灯开启，过了一会又关上了，房子回到一片死寂。

陈二白躺在床上，回忆起童年，他的生母仍在时的点滴，那时家境贫寒，父亲常年在外面工地工作，母亲独自抚养他。某年母子两人走在一条坡道上，旁边驶来一辆豪车，直接将母亲蹭倒在地，司机下车没有丝毫搀扶他母亲的意思，而是破口大骂。年幼的陈二白吓得抱着母亲大哭。

陈二白还记得那天他一脸害怕地抱着坐在地上久久无法起身的母亲，害怕她会就此离去。最终母亲确实离开了他：她后来怀上二胎而没钱交罚款，在人工流产时去世了。所以在他的记忆中，母亲所受的诸多苦难，以及最后的离去，总是和钱有关。

陈二白擦了擦眼角的泪水，沉沉睡去。

振兴武馆，陈一琼和师父面对面坐着，看着桌上的两盘青菜，沉默不语。过了一会，王胖子从里面端出来一盘三块红溜溜的东坡肉，晶莹剔透，吹弹可破，放在桌子正中央，满脸兴奋地看着两人。

师父虽有掩盖不住的喜悦之情，但还是绷紧了脸，清了清喉咙，严厉地问王胖子："上次我给你的 50 块钱，是要买一个月的菜的，这一顿，岂不是把后面的全给吃没了？"

王胖子连忙摆了摆手解释道："放心吧，师父，我和师兄找了一份兼职，虽然不能大鱼大肉，但是偶尔吃一顿肉还是可以的！"

师父看了看两人，忽然一拍桌子，吓得师兄弟两人立即坐直了身体。

师父："什么兼职？！"

王胖子紧张得开始结巴："表……表……表演武术……"

师父看着两人说："没有学生是暂时的，你们可不要忘了初心。"

王胖子和陈一琼两人点头点得跟捣蒜一样说道："师父放心。"

三人开始狼吞虎咽地吃饭，陈一琼夹起一块东坡肉，手一滑，掉在了地上。师徒三人在饭桌上全都静止了，静静地看着地上那块鲜嫩多汁的东坡肉。

陈一琼低下头去捡。忽然一只手拦在了他面前，他一看是师父，他对师父说："师父，对不起。"

王胖子也一脸紧张的样子。

师父忽然把陈一琼侧着的身子扶了起来说："不至于。"然后把自己碗里的那块肉夹断半块，夹到了陈一琼碗里，目光慈祥，看了看陈一琼点点头说，"好好吃饭吧。"

陈一琼看了看碗里那半块肉，又看了看变回一脸严肃表情正低头吃饭的师父，感动得笑了笑。王胖子也高兴的样子："还记得小时候，我们师徒三人也是这样过来的。"

吃完饭，师父又一个人默默地坐在了门前的椅子上，盯着马路对面的农田发呆。

陈一琼和王胖子两人在武馆里擦拭着器材和地板，透过玻璃窗户看着师父，陈一琼问胖子："师父每天坐在门口盯着对面是为什么啊？"

王胖子："应该是一种修炼。"

陈一琼点点头，两人继续低头擦地板。

师父盯着对面的农田，忽然咽了咽口水，站了起来，穿过马路，走到农田边对着一个正在劳作的农民说道："小伙子。"

农民抬头看向师父："怎么了？"

师父左顾右盼了一下，小声地问："我观察了一段时间，你这个茄子，挺好的。"

农民开心地笑了，随手摘下一个递给师父说："送你一个。"

师父赶紧摆摆手说："这怎么行呢？我回去拿钱给你！"

农民："哎呀老人家客气什么，一个茄子而已。"说罢递给了师父。

师父接过，脸上有些开心，点头道谢，然后默默地将茄子塞进了自己宽松的袖口里，面无表情地走回马路对面的拳馆，继续坐在椅子上，纹丝不动。

夜里，陈一琼坐上王胖子的自行车向康乃馨俱乐部缓缓而行。

当康乃馨俱乐部的暧昧音乐再次响起，当陈一琼和王胖子再次站在聚光灯下，他们又成了当晚最闪亮的人，这次为了效果，梁经理给他们用上了橄榄油，效果奇佳。当晚下面气氛更加热烈，充斥着嘲笑、谩骂，却依旧是一片沸腾的欢乐海洋。

他们的头号观众依旧是昨晚那个胖女人。胖女人依旧哈哈大笑，一副粗鄙的极乐之相。

两人跳满 20 分钟下了台，换上了一批小青年，他们才是这个夜场正儿八经的主角。两人疲惫不堪往身后的办公室走去，却被梁经理拦下，梁经理告诉他们洪姐要见他们。两人去了才知道，洪姐就是那个每天坐在正中央的胖女人。

洪姐余欢未消地看着他们两人，眼里还有泪水，浑身酒气，陈一琼和王胖子穿着裸露的衣服，尴尬地站在她面前。

洪姐低头掏出 1000 元钱，一手抓着钱，一手用力拍着两人的脸，拍得"啪啪"作响，陈一琼一脸的不适，王胖子则强颜欢笑着。洪姐豪气地说："这是给你们两人的小费，以后继续，开心了继续有赏。"说着把钱塞到王胖子和陈一琼手里。

王胖子手接过钱嘴里还说着"不好意思"，陈一琼也僵硬地笑着点头。梁经理则一脸客套的样子，嘴里全是"感谢洪姐栽培"之类的话语。

两人在办公室里披着毛巾，坐着休息。梁经理一脸得意地走进来："怎么样？我这里的客人还不错吧？待会第二场你们要更加卖力啊！"两人用力地点着头。

过了好一阵，梁经理推开门，叫醒了已经睡了过去的两人让他们出去跳第二场。两人站起来活动了一下筋骨，往外场走去，外面的人比刚刚更多了，看见两人又要上场，响起了一阵热烈的欢呼声。王胖子有点羞涩地看了看陈一琼，陈一琼面无表情。

音乐响起，两人绕着钢管又跳起了令人尴尬的舞蹈，两人越跳越兴奋，场下的气氛越来越热烈，洪姐忽然也走上台来，跟两人贴着身子一起互动了起来，下面的人响起声声喝彩，梁经理也笑得合不拢嘴。

忽然门口走进来一群人，看着台上一言不发，那群人身后走出来一个穿着牛仔裤黑短袖的精壮男子，男子默默把墨镜取了下来，看着台上一言不发。梁经理注意到那群人，客气地走上去，和蔼可亲地说："这位大哥，我们这里一般不接待男客人，出门两条街是酒吧街，那里……"他话没说完，为首的男子已经一巴掌扇在了梁经理脸上，然后大喊了一声："把这音乐给我停了！"

工作人员不明所以，停了音乐，大家也都纷纷看向门口。王胖子小声默念了一句："雷朋？"

陈一琼问："是谁？"

王胖子不好意思地说："就是把师父拳馆坑走了的那个人。"

陈一琼看了看王胖子，又看向门口的雷朋，发现他正来势汹汹地朝着自己这边走来，陈一琼忍不住往后退了几步，王胖子也默默站到一旁。

雷朋走到台上，打量着陈一琼，又看了看王胖子，然后对王胖子冷笑了一下，接着雷朋令人诧异地抓起了洪姐的手，喊了一声："妈。"

洪姐稍显不耐烦的样子看着雷朋："你怎么来了？"

雷朋一脸难堪的样子："妈，您喝多了，怎么能来这样的地方？"说完雷朋对着身后几个小弟招招手小声地说了一句，"过来扶师母下去。"几个小弟上来利索地扶着醉醺醺的洪姐往下走。

陈一琼和王胖子也低着头，默默朝台下走去。

突然两人都感觉自己的头发被一只手用力扯住，人被拉了回来，两人被迫站在雷朋面前，接受着他凌厉的目光，雷朋看着两人的穿着，忽然笑了起来，两人也不好意思地笑了起来。

王胖子低声下气地说："雷哥，之前拳馆不是没了吗……我现在也就出来混口饭吃，不知道那是您母亲。"

雷朋笑着点点头说："兄弟，我知道，不容易，我都明白。"

王胖子欣慰地笑了起来，但发现雷朋依然抓着他们两人的头发不放。陈一琼脸上有些愠怒，抬手默默支开了雷朋的手。

雷朋看向陈一琼，然后盯着王胖子问："这位是？"

王胖子："我师兄！"

雷朋"哦"了一声，突然表情骤变，怒吼了一声："但你们也太恶心了，还要不要脸了？看看你们这一身，看看你们那些动作！重要的是，还要拉上我妈？"

两人不知道说什么好，王胖子张嘴准备道歉，突然就被雷朋一脚蹬向肚子，一个踉跄撞倒了后面的音箱，躺在地上，捂着肚子一脸痛苦，五官都挤在了一起。

陈一琼惊慌地看向地上的王胖子，又转头看着雷朋，突然也被雷朋一巴掌狠狠地扇在了脸上，倒在地上，他捂着半边脸，一副敢怒不敢言的样子。

雷朋走上前，嘴里念叨着："看看你们这副为老不尊的样子，恶心不恶心？"然后抬起脚用力地踩了他们肚子。两人捂着肚子在地上呻吟打滚。

梁经理走上来，一脸害怕地拉着雷朋，嘴里念叨着："是我们有眼不识泰山，下次不敢了，别打了别打了……"

雷朋点点头，说了句："好！"

梁经理马上点头哈腰地说着："谢谢大哥开恩。"

雷朋又点点头，转身走下了台，对着一干小弟说："这两人，侮辱你们师母。"说完默默地走了出去。

一干小弟看向台上，恶狠狠地盯着倒在地上的陈一琼和王胖子两人，突然一窝蜂冲了上去，操起椅子、酒瓶，开始暴打两人，王胖子疼得嗷嗷直叫，陈一琼扑到了王胖子身上，挡在他身上。

王胖子已经边哭边念叨着："我们真的错了，别打了……"陈一琼后背、大腿则不断被击打和踩踏，发出一声声的闷响，只是他紧咬着牙，一声不吭。他身上渐渐血肉模糊。

片刻之后，雷朋的小弟们看着躺在地上一动不动的陈一琼，和他身体下面哭得泪眼模糊的王胖子，丢下手里的器械，大摇大摆地走了。此时整个场子已经空无一人。

梁经理扑上来，颤抖着抱着陈一琼的头，看到他满是血渍的脸，嘴唇吓得直发抖。

陈一琼突然咳了一声，一口血从嘴里流淌出来，气息微弱地睁开肿胀的眼睛说了句："我没事……"

三人坐在办公室，王胖子因为有陈一琼挡着，身上没怎么受伤，两人帮陈一琼涂抹药包扎伤口。

王胖子担心地问陈一琼："师兄，真的不去医院？"

陈一琼摇摇头说："不去，去了的话，这两天就白干了……"

梁经理一脸不好意思地说："去看看吧，医药费我出。"

陈一琼笑了笑："又不是你的错，怎么能让你来出……真的不用了。"接着他转头看向胖子："你还记得以前我的外号吗？"

王胖子点点头："记得，泰山。"

陈一琼有气无力地接着问："还记得为什么叫泰山吗……"

王胖子："因为那时候师兄永远打不倒。"

陈一琼拍了拍王胖子肩膀说："这不就对了，这顿打，都是皮外伤，算不上什么……"

王胖子一脸心疼地看着陈一琼。

梁经理也叹着气。

陈一琼坐在沙发上，忽然缓缓地站了起来，气色恢复了一些，他活动了一下手脚，两人看着他，见果然没大碍，放心了许多。

陈一琼忽然看着梁经理说："我突然有个想法，来你们这里的女人，肯定都是些想发泄心里不快的。"

梁经理点点头。

陈一琼："要不明天开始，跳完舞，多加个环节，你给我套上些厚的棉质卡通衣服，让她们上台来交钱随便打，随便发泄。效果好的话，这事你给我们分成。"

王胖子和梁经理都一脸不可思议地看着陈一琼。

王胖子："师兄，你是不是疯了……"

陈一琼："女人，再怎么打也就那样，何况我还套了厚棉衣，不会有事的。"

梁经理为难地看着陈一琼："这样不好吧？"

陈一琼："试一试！"

白天，拳馆，师父在饭桌上，盯着陈一琼的脸。

王胖子马上打圆场道："昨天兼职回来，遇到打劫的了，师兄跟他们搏斗了一下。"

陈一琼也点点头。

师父没有再多言，师徒三人低头吃饭。

夜里，两人在康乃馨俱乐部的舞台上，一曲跳毕，梁经理走了上来，对着台下的女人们说："怎么样？他们这种钢管舞，你们看完了是不是也像我一样，想打人？"

下面的女人们都哄笑起来。

梁经理忽然神秘地说："只要是你们想的，我们就尽力办到。"

大家都奇怪地看着台上。

只见陈一琼从后台抓了一套厚厚的棉质卡通衣服给自己穿上，手里拿着一个过年用的大头娃头套，站在台上。

梁经理看了看身后准备完毕的陈一琼，又对下面的女人们说："每人200块钱，上来随便打，打到你们打不动为止，绝不还手！"然后展颜欢笑，看向陈一琼，对着陈一琼重重地来了一下。

王胖子则一脸担心地看着陈一琼。只见陈一琼默默戴上了喜庆的大头娃头套，做了一个手势，拍了拍自己的胸脯，在头套里大喊了一声："来吧，平常有什么不痛快的，都在我这里发泄出来！"

梁经理和王胖子默默走下台，台上只剩下一个穿着怪异卡通服装，戴着欢笑大头娃头套的人。台下的人都安静地看着台上，没有一人动弹。

过了片刻，梁经理对着大家喊道："那咱们就开始下一个节目吧……"

忽然人群中有一个女人大喊："慢着！"她从后面默默往台上走去，递了200元给梁经理，她站在陈一琼面前，默默脱下高跟鞋放在了一旁，突然一脚踹向陈一琼，然后开始暴打，打着打着开始破口大骂："让你包养狐狸精！让你不回家……"

下面的女人们看着看着，从一开始的震惊，到渐渐被激起了心中的怒火，越来越多的人走上台，开始暴打陈一琼，嘴里也跟着骂骂咧咧，骂什么的都有，有些人还边哭边打。

"平常让你在家里凶老娘……"

"你就是贱男人……"

"你管过孩子吗……"

陈一琼被十多人争先恐后地踢着，打着，扯着，整个人东倒西歪，却在努力地保持平衡。他被包裹在卡通服里，汗水从他脸上、身上，一滴滴流淌下来。

王胖子皱起眉头，脸上满是心疼，眼睁睁地看着这疯狂的画面；梁经理也默默地坐在后面的椅子上，看着手里的钱，低着头一言不发。

陈二白放学回到家中，看到后妈正在动作生硬地切着菜，过了一会她尖叫了一声，手指一抹鲜红流淌开来；突然又一只老鼠从她脚边蹿了出来，吓得后妈又把正在熬汤的锅打翻了，滚烫的汤水直接洒在了脚上，她整个人疼得摔倒在地上。

陈二白赶紧过去扶着她，问道："妈，没事吧？"

她惊魂未定地看着陈二白，看了看自己的手指和红彤彤的脚踝，一脸绝望的样子看向二白。

陈二白紧张地说："妈，等我先去给你拿创可贴，然后我出去买熟食回来一起吃。"说着就要起身去拿东西。

后妈突然拉着陈二白，陈二白转过头来看着她，她眼睛通红，一脸犹豫的样子，仿佛有什么会伤人的话语，藏在了口中。

陈二白心中有预感，赶紧支开了后妈的手，站起来走向柜子，低头翻着柜子，躲避着后妈的眼神。

后妈忽然说："别找了，家里没有创可贴。二白，我是想跟你说……"

陈二白立即打断了她："没事，我去买，很快就回来！"说完头也不回地跑了出去，他一路狂奔，头上积满了汗珠。

过了一会，陈二白满身大汗地冲回了家里，手里拿着创可贴、烫伤膏，还有熟食，此时后妈已经坐在了椅子上。

陈二白凑过去，拿出创可贴来，给后妈仔细地包扎，后妈看着他，突然眼睛红了，帮他擦了擦额头上的汗。陈二白气喘吁吁地说："妈，这个是最好的创可贴，还防水……"话没说完，后妈打断了他，语气坚定地叫了他一声："二白，你看着我，认真听我说。"

陈二白目光略微闪躲地抬头看向后妈。

后妈红着眼睛，叹了口气，一脸不好意思地对陈二白说："二白，以后别叫我妈了。"

陈二白沉默了一会，紧张地问了一句："怎么了？"

后妈："这样的日子，我真的过不了，何况我还年轻，我真的只能陪你们父子走到这了。你可以不怪我吗……"说完，她认真地看着陈二白。

陈二白渐渐平静下来，低下头，脸上浮现一丝凄凉，然后抬起头强颜欢笑着说："我明白，没关系的！"

后妈抱着陈二白，抽泣起来。

陈二白强忍着泪水，拍着后妈的后背继续说着："没关系……"

夜里，后妈收拾好行李，屋子外面响起了喇叭声，陈二白站在门口，看见了一辆豪车停在门口，下来一个穿着得体的男人，陈二白默默地看着他，他也礼貌地对陈二白笑着点点头。

后妈默默拉着行李箱走到门口，那个男人把行李箱抬起来，放进了后备厢里，然后自己上了车子。后妈站在门口看着陈二白，小声地交代道："我剩下的钱，都放在桌子上了，以后……"

陈二白用力点着头，一脸平和地说："放心吧！"

后妈表情复杂地看了看他，默默打开车门，上了车。车子缓缓启动，掉了个头，缓缓驶向门前的砂石路，扬起一些尘土。

陈二白静静地看着车尾灯越来越远，突然眼睛红了，他开始迈开步子追上去，奋力追赶，却怎么也追不上越来越快的车子，陈二白在后面声嘶力竭地大喊了一声："想我了就回来看看我呗，好不好？！"车子渐渐消失。

陈二白独自坐在路中间，伤心地哭了起来。

不知道过了多久，陈二白失魂落魄地走回去，经过一个小卖部，买了一包廉价的香烟和一个打火机。他默默拿出一支烟，点燃，吸了一口，剧烈地咳嗽起来，感到一阵胸闷。

陈一琼和王胖子夜里回到拳馆狭窄的房间，陈一琼默默数着钱，然后对上铺的王胖子说："今天赚了快 2000 元，我就说这个方法可以。"

王胖子语气疲倦地回道："挺好的……早点把债还了，早点把你儿子老婆接回来吧。"

陈一琼眼里满是希望地点点头。

王胖子："话说，他们过得怎么样，你知道吗？"

陈一琼沉默。

王胖子探出头来看着下面的陈一琼说："我到时候帮你打探下消息吧。"

陈一琼抬头看了看他，点点头，然后站起来把灯关了。

过了一会，陈一琼忧心忡忡地说："那么娇生惯养的孩子，我真的很担心他。"

王胖子："放心吧，况且目前你想多了也没用。"

陈一琼叹了口气。

过了一会，两人沉沉睡去。

白天，陈二白独自坐在学校操场一角发着呆。

黄希瑞不知道什么时候默默坐在了他身边，陈二白看了看黄希瑞，没有理她。

黄希瑞也看了看陈二白问道："你怎么一个朋友都不交？你不觉得孤单吗？"

陈二白冷笑："没有钱怎么交朋友？"

黄希瑞："没钱也可以有朋友的啊！"

陈二白："什么朋友？你这种把我钱骗光的朋友吗？"

黄希瑞表情有点不悦，看着陈二白说："你的钱我一定会还的，我最近在打零工攒钱，一点点还给你。"

陈二白："最好不过。"

黄希瑞又问他："你家不是破产了吗？要不要跟着我一起打零工？"

陈二白："我饿死都不会去打零工，丢人现眼。"然后他默默地站起来走开，独自一人坐到了另一个角落去了。

黄希瑞看着远处的他，无奈地摇摇头。

陈二白忽然默默地掏出一支烟，点燃，在操场光明正大地吸了起来。操场上的学生都看着他，指指点点议论纷纷的样子。陈二白吐了口烟，冷眼看着他们，全然不在意的样子。

一周之后，在康乃馨俱乐部，梁经理在台上语气兴奋地说："因为我们这里晚上 10 点以后，有暴打活人的特别活动，现在也开放了男宾进场，价格也调整了，女士 300，男士 500，打到你累，打到你打不动为止！"

下面响起一阵喝彩。

梁经理和王胖子面色复杂地看着陈一琼在台上被男男女女混合暴打。

夜场活动结束之后，陈一琼拿着一沓百元钞票，一脸疲惫又心满意足的样子。两人回去的路上，王胖子突然把车停在了路边，扶着自行车看着后面的陈一琼，陈一琼从车上跳下来奇怪地问他："怎么了？"

王胖子苦着脸说："师兄，我们换一份工作吧。"

陈一琼不解地问："为什么？现在这个收入很不错。"

王胖子："但是这样没有尊严，师兄。"

陈一琼点点头，问胖子："欠一屁股债，老婆孩子都不知道在哪，就有尊严了吗？"

王胖子："更没有尊严。"

陈一琼："那不就对了。"

王胖子点点头，两人重新骑上车，消失在夜色里。

白天，陈一琼和王胖子骑着车，跑到一家打印店，打了几百份传单，散发到城市里的各个人流聚集的地方。

陈二白中午走出学校，看到地上有一张传单，上面印着"每晚10点，康乃馨俱乐部，暴打活人，只有你打不动，没有我挨不了"的字样，下面是地址。陈二白摇摇头，嘴里默念了一句："有病。"

夜里，陈一琼和王胖子两人准时到康乃馨俱乐部上班，发现门口已经排起了长队。王胖子一脸惊讶地看着陈一琼。

陈一琼得意地笑着说："怎么样？还是我会做生意吧。"

王胖子说："我惊讶的不是这个，主要是这么多人你能受得了吗？"

陈一琼边往里面走，边拍着自己胸脯说："我是泰山，屹立不倒。"

两人刚刚走进来，梁经理就冲了上来，担心地看着两人说："这阵仗也太可怕了，外面甚至都有为了插队加钱的人！"

陈一琼："那不是挺好的，说明这个事能给你赚更多钱。"

梁经理害怕地说："这是要出人命的啊！"

陈一琼摇摇头，没有再说话。

接下来，又是一夜暴打，这次比往常人更多，更久，一轮接一轮，打到次日凌晨，陈一琼才有机会脱下棉服和头套，他满头大汗，面无表情，瘫坐在地上。

陈二白在路边默默地吃着水饺，老板娘又端了两盘凉菜上来，放在他桌上。他看着桌上的凉菜，又看着老板娘，把筷子一下子拍在了桌上，面色不悦，语气尖锐地质问道："老板娘，我没点这个。你给我撤了，我天天在你这吃，你还强买强卖，是想讹我钱吗？"

老板娘一下子愣住了，站在原地，缓缓说道："孩子，今天中秋节，我看你还一个人在这吃饭，这两盘菜是送给你吃的呀……"

陈二白也愣住了，抬头看了看头顶上的天空，一轮圆月正高挂天际，他又低头看了看老板娘，不知道说什么好。

老板娘有些无奈地摇着头叹气，走回了店里。

陈二白看着她的背影，小声说了一声："谢谢！"又抬头看了看天上的圆月，忽然眼睛红了，低头大口扒着水饺，一个接一个地往嘴里送。

第三章

不倒翁

COME
GHTER

黄希瑞坐在教室里自己的位子上，看见陈二白无精打采地走进来，她满眼期待地看着陈二白。

陈二白坐下来，看都没看她一眼。

黄希瑞默默把一个信封塞给陈二白，还有一块小蛋糕。

陈二白看着信封和蛋糕，打开了信封，里面是 500 块钱，陈二白奇怪地问她："这是干什么？"

黄希瑞开心地看着他说："还你钱呀，以后会越来越多的！我在蛋糕店打工，这块蛋糕是昨晚剩下的，我带回去了没舍得吃，给你。第一是感谢你，第二是可以给你当早餐。"说完笑嘻嘻地看着陈二白。

陈二白默默收起钱，打开一个本子，写下"黄希瑞，减500"。然后把本子合上，又拿起蛋糕在手里看了看，随手扔进了后面的垃圾桶里，接着一言不发地看着黑板发呆。

黄希瑞惊讶地看着陈二白，又转头看着垃圾桶里那块蛋糕，眼睛一下子红了，盯着陈二白。

过了一会，陈二白余光发现黄希瑞正盯着自己，他转过头有点不耐烦地问黄希瑞："又怎么了？"

黄希瑞："你知不知道，昨晚打完工我也很饿，但都不舍得吃。"说完黄希瑞擦了擦眼睛，但一滴眼泪还是掉了下来。

陈二白一脸莫名其妙地看着黄希瑞说："卖剩的，隔夜的蛋糕，你就拿给我吃？况且你给了我，我怎么处置，还要你管？"

黄希瑞脸上透出失望，无奈地笑了一下说："你怎么这么冷血？你这种人既没有丝毫人情味，也不懂什么叫珍惜。"

陈二白瞟了她一眼生气地说："珍惜的东西就能留住吗？"

黄希瑞生气地站起来，走了出去。

陈二白转头看了看垃圾桶里的蛋糕，拿出一张白纸盖在了上面，过了一会，他又站了起来，提着垃圾桶走到了教学楼楼道角落的大垃圾桶前，把里面的东西全都倒掉了。

振兴拳馆，师徒三人在吃饭。

陈一琼和王胖子面面相觑，眼神交流了一下，各自点点头。

王胖子清了下嗓子，看着师父。

师父头也没抬，吃着饭，说了一句："有什么就直说吧。"

王胖子壮了壮胆说道："师父，我和师兄商量过了，我们给你养老吧。"

师父："什么意思？"

陈一琼放下筷子，端坐了起来接着王胖子的话说道："就是说，也别创业继续开拳馆了，过时了。我和师弟现在也能挣钱。"

师父放下筷子，抬头看着他们两人，忽然慈祥地笑了起来。

两人也笑了起来。

片刻之后，陈一琼和王胖子各将一把沉重的大关刀举过头顶，跪在拳馆正中央，饭桌上他们两人碗里的饭还粒米未动。

师父则默默地坐在饭桌上吃着饭。

两人扛着大刀，手渐渐发酸，摇摇晃晃，但都不敢松懈。

过了半小时，师父说："你们知道吗？让我失望的，不是我老了，也不是拳馆荣光不再了，而是在我从小带大的两个徒弟身上，看不到丝毫习武之人的样子。"

陈一琼一脸不服气地说："师父，苟延残喘，只会丢掉最后一点面子，还不如痛快点……"

王胖子赶紧侧身撞了一下身旁的陈一琼，示意他别说了。

陈一琼依旧不服气的样子。

整个拳馆沉默了一会。

师父突然说："所以这就是为什么你选择跳江，而我选择继续把拳馆开下去。今天太阳下山之前，你们不准起来。"

拳馆里的三人继续沉默着。

两人表情痛苦地跪在地上。

过了一会，有人从拳馆门口走进来。穿着朴素，进门拍了拍自己的衣服，但抬头就看见两人举着大刀，面朝着他跪倒在地上。他紧张地看着陈一琼和王胖子两人，只见两人龇牙咧嘴的样子，很是令人害怕。来人也惊慌地跪了下来，与两人面对面战战兢兢地说："两位兄弟，这是……"

王胖子艰难地挤出一句："练功呢……"

那人表情放松了些许，点点头，又默默爬了起来。师父见有人来，对着两个徒弟用力地咳嗽了一声，两人瞬间放下高举的关刀，面色艰难地站起身来。

师父看着来人问："什么事？"

来人从挎包里掏出一张帖子，毕恭毕敬地递送到师父面前，师父看了看，默默地放在桌子上，对来人说："辛苦了。"

来人朝着师父点点头，打量了一下破旧的拳馆，然后说："看你们的情况……不过我也算是通知到了就行。"说完礼貌地说了句，"老人家告辞。"走了出去。

师父坐在椅子上，饭已经吃完，面色有些严峻，默默站起身来，坐到了外面，如往日一样，盯着稻田发呆。

陈一琼和王胖子对视了一下，面带好奇地盯着桌上的那个帖子。两人走过去，打开帖子，里面写着"诚邀各大拳馆参加百馆擂台大战"的字样。看完两人盯着彼此。

王胖子默默低下头，叹了口气："跟我们拳馆没什么关系了，目前这个样子，总不能让师父去参赛吧。"

陈一琼也点点头。

王胖子："不过优胜者奖金还挺丰厚的。"说完期待地看着陈一琼。

陈一琼笑了笑："醒醒吧，百馆有多少全国各地的对手。"

王胖子点点头，两人不再言语，抓起饭碗狼吞虎咽。

夜里的康乃馨俱乐部依然人潮涌动，连整个场子的布置都改变了，各种桌椅已经被搬空，中间的空地上站满了人，一半是来打人发泄的，一半是来围观喝酒的，还有少部分甚至在暗暗坐庄下赌注，赌这个卡通人今晚能不能被打趴下，已经连续十晚没人能打趴卡通人了。

只见场内有个精壮大汉，正攥着陈一琼的卡通衣服，一拳接一拳地暴打陈一琼，全场都在为他加油喝彩："干翻他！"

另一个人朝着大汉喊道："加油啊，我押了你。"

梁经理紧紧抓着王胖子的衣服，两人都神情紧张严肃，看得额头直冒冷汗。

陈一琼脑袋罩在头套里，耳边全是客人一拳接一拳打在身上的沉闷声响，陈一琼也气喘吁吁，有点吃不消，眼睛渐渐变得模糊，仿佛快要失去意识。在场的人也看出他步伐正渐渐变得不稳起来，不断往后退。

梁经理摇摇头看了一眼王胖子，这次换王胖子紧紧抓住了梁经理的衣服。

陈一琼一个趔趄，差点倒地，场内所有人都兴奋地呐喊欢呼起来，一浪高过一浪，精壮大汉戴着拳套，虽然浑身是汗，却也更加密集地朝着陈一琼身上不断地挥动拳头。

　　然而这一阵欢声雷动，却让意识模糊的陈一琼感觉自己仿佛回到了二十多岁时站上的拳台，他被对手逼到角落，双手紧紧护着头部，对手则暴风骤雨般地朝他挥拳，其实那一刻的对手已是强弩之末。暴风骤雨之后，则是陈一琼看准时机和破绽的一记漂亮回击，场上回到一片宁静，对手安静倒地。

　　陈一琼猛然回到了现实，他用力睁大眼睛，唤回意识，整个身躯突然使劲又变得刚强起来，大汉在他身上连打三拳，都如同砸在了铁板上一般。

　　打完这三拳大汉后退了几步，筋疲力尽地看着面前这个不倒翁，忽然泄了气，缓缓地坐在了地上，气馁地摆摆手，喘着粗气，表示实在打不动了。

　　梁经理和王胖子冲上去抱着陈一琼欢呼雀跃。陈一琼疲惫地举起自己的卡通双手，表示胜利。

　　现场再次欢呼起来，不过这次是为了陈一琼。

　　在这座城市中有个不倒翁的传言也渐渐扩散，在口口相传的演绎下，不倒翁渐渐演变成了斧砍刀劈也不见痕迹的金刚不坏之身。

陈二白中午在校门口吃饭，邻桌的同学们兴致勃勃地讨论着这一切。陈二白无聊地看着他们，嘴里念叨了一句："真幼稚……"

却不料被一个耳尖的同学听到，他面带不悦，恶狠狠地转过头来盯着陈二白，问了一句："你是说我们真幼稚吗？"然后一桌人都目不转睛地盯着陈二白。

陈二白看了看他们，咽了咽口水，感觉他们人多势众，表情有点怂了，小声地说了一句："没有啊！"

那同学默默坐到了陈二白面前继续问他："知道我是谁吗？"

陈二白摇摇头。

"老狗，你听说过吗？"

陈二白又摇摇头。

那一桌子的人都笑了起来，这个自称老狗的人也笑了起来，转头对自己的小兄弟们开心地说道："怪不得他敢这么说我们，原来是新来的。"

陈二白充满危机感地站起身来，想默默走掉，他的手却被抓住，老狗声音低沉地说了一句："跟我们过来一下。"

陈二白被一群人围着带到了旁边大楼里的紧急通道里，陈二白有些紧张地说："真的是个误会。"

话音刚落，一记拳头已经打在了他肚子上，陈二白捂着肚子，弯下腰去，顿时感到好几只脚已经蹬在了他身上各处，他瞬间摔倒在地，扶着地板，看见好几个人影又走了上来，他沉默地护住了自己的头，紧接着又是一阵拳打脚踢，不知过了多久，整个昏暗的通道只剩下他一人，他感到全身一阵酸痛，脑袋更是嗡嗡作响，在意识模糊里昏迷了过去。

等陈二白再醒来，他发现自己已经身处光线明亮的室外，然后感到自己正在被半扶半拖地朝前走去。他抬头看了看，发现一个女生正用娇弱的身躯竭尽全力地扛着他往前走。

陈二白有气无力地"喂"了一声。

女生满脸通红，全是汗水，转过来看着陈二白——此人是黄希瑞。黄希瑞看他醒过来了，立马冷冷地把他扔在了地上，自己如释重负地甩了甩手，然后冷漠地盯着他："你没死啊？"

陈二白鼻青脸肿地摇摇头。

黄希瑞坐在地上，气喘吁吁地问："他们为什么打你？"

陈二白："没有为什么。"

黄希瑞冷笑了一下："不过你这种人迟早被人打，很正常。"

陈二白忽然笑了起来，捂着自己的肚子一脸痛苦说："为什么我每次被打你都在？"

黄希瑞瞟了他一眼："别废话了，去医院吧。"说着又艰难地扶起了比她高半个头的陈二白。

陈二白看着黄希瑞因为身体使劲而通红的脸颊，又看到了她上半身因为被汗水浸湿了白衬衫而若隐若现的样子，他脸微微红了起来，目光移向别处，突然小声地说了一句："上次对不起。"

　　黄希瑞："什么对不起？"

　　陈二白："蛋糕……"

　　黄希瑞沉默，没有理会他。

　　陈二白坐在医院诊室的长椅上，过了一会黄希瑞拿药回来递给了他，然后对他说："我去楼上看下我爸爸，待会我们一起回学校吧。"

　　陈二白点点头，看着她急匆匆地跑走的背影，马尾在她身后荡漾着。他拿着药缓缓站起身，顺着她跑走的方向跟了上去。

　　陈二白在病房门口，看向里面，发现黄希瑞正细心地拿着毛巾轻轻擦拭着熟睡父亲的手臂和颈脖，在窗外透进来的柔和光线中，动作轻巧且温柔，时不时又自己擦擦汗，嘴里还念叨着："爸爸，你好起来以后，我们就可以一起去吃我们喜欢的路边摊了。"

　　陈二白看着看着，默默微笑了起来，突然一个穿着白大褂的身影从他面前闪过，吓了他一跳。

　　医生走进病房，看见黄希瑞客气地说了一句："来了？"

　　黄希瑞："嗯，医生好！"

　　医生突然放低了声音对黄希瑞说："正好你是家属，我要跟你如实说一下，情况不是很乐观，而且他的药也快用完了……"

陈二白听见里面沉默了片刻，又听见黄希瑞说："药的话用完了再开，之后我会去交费的。"

陈二白看见医生又走了出来，他也默默地站起身跟着医生走开了。过了一会，黄希瑞也走了出来，在他身后喊了他一声，陈二白转过头，一副什么都不知道的样子问了句："好啦？"

黄希瑞点点头，陈二白能清楚地看见她脸上掩盖不住的忧愁。两人一起走回学校。陈二白突然说："对了，钱你不用急着还，我也不急用其实。"

黄希瑞低着头，小声"嗯"了一声。

到校门口时，陈二白以自己要买点东西为由让黄希瑞先回去，他去了学校门口的银行，把银行卡插进自动取款机，看了看余额，5500元，那是他后妈留给他的全部存款。他全部取了出来，把钱默默放进了口袋里，然后一个人坐在银行门口，面色凝重、目无焦距地看着远处，仿佛在做一个重大的决定，片刻之后，他又把钱掏了出来，放在胸口，仔细抚摸着，然后摸出300块钱塞进了左边的口袋，剩下的那一沓则塞进了右边口袋，然后叹了口气。

他默默站起身来，朝学校走去，走到一半，他又停了下来，从右边钱多的口袋，又拿了200块放进左边钱少的口袋，接着继续朝学校走去。

下午课堂上，陈二白脸上再次贴着纱布，手上好几个地方涂着红药水，余光看了看黄希瑞，发现她魂不守舍地看着前方。

陈二白用手轻轻碰了碰黄希瑞，黄希瑞缓缓转过头来小声地问："怎么啦？"

陈二白看了看黄希瑞的眼睛，又低下头，犹豫了一会，然后把手插进右边钱多的口袋小声说："其实我可以再借你一点钱。"

黄希瑞面色复杂地看着陈二白，一副不知所措的样子。

陈二白突然迅速地从右边口袋掏出一沓百元大钞，将钱迅速塞进了黄希瑞的课桌里，然后眼睛看向别处，长长呼出一口气，表情心疼地说："拿去吧。"

黄希瑞低头看了一眼课桌，然后捂着嘴，一脸诧异，她用手指碰了碰陈二白，小声地问："你怎么还有那么多零花钱？你家不是破产了吗？"

陈二白头都没回，依然看着别处："瘦死的骆驼比马大。"

黄希瑞一脸感动，把钱拿出来数了数，有整整5000块，她把钱默默地塞进了书包里，接着打开本子撕下一张纸，低头写着什么，过了一会，将一张欠条递给了陈二白。

陈二白头转回来，接过欠条看了看，点点头。他看着黄希瑞，发现黄希瑞不好意思地对他笑着，陈二白也无奈地笑了笑。

黄希瑞一副开心的样子，自顾自傻笑着。

陈二白看了看她，又低头看了看那张欠条，默默叹了一口气。

放学时，黄希瑞跟在陈二白身后走着。陈二白停下脚步，看向黄希瑞，奇怪地问："怎么了？"

黄希瑞低头拨了拨刘海，有些害羞地说："我其实是打算去你家帮你换一下药，你一个人是换不了后背的药的。你肯定不敢让你爸妈帮你换吧。"说完黄希瑞怕陈二白不明白，还动作笨拙地将自己的手伸向后背演示给他看自己换药有多难。

陈二白看她笨拙可爱的样子，面无表情地说："也是……而且我爸妈正好不在家。"

黄希瑞一听，倒有些不好意思地问："那……方便吗？"

陈二白木讷地点头："应该方便吧。"

黄希瑞点点头："哦……"然后站在原地。

陈二白挠了挠头，看了一眼黄希瑞说："那，走吧。"

黄希瑞又傻乎乎地点点头，朝前一步，走到了陈二白身边。

两人一言不发地沿江走在回家的路上。江边吹来温暖和煦的晚风，使得一旁的树叶轻轻摆动，甚是温柔；夕阳余晖映洒在江水之上，使得江水明亮耀眼。陈二白看了一眼旁边的黄希瑞，江边温暖和煦的晚风和夕阳的余晖同时停在了黄希瑞的脸上与发梢上，使得她整个人看起来温柔且明亮耀眼。

陈二白忍不住多看了她两眼，忽然觉得多借她 5000 元其实也没什么。于是陈二白说："你不用觉得有什么，借你的钱……"

黄希瑞脸上微微感动，小声地说："不过你放心，我一定会还你的。"

于是两人都不知道再说什么好，沉默地走着路。

陈二白坐在家里的椅子上，黄希瑞则蹲在他身旁，手拿棉签，蘸着药水，轻轻地给他搽着药，陈二白偶尔眉头一皱，感到有一丝刺痛时，黄希瑞总是恰逢其时地朝着那块地方轻轻吹着气。

过了一会，黄希瑞默默地站了起来，对着陈二白做了一个转身的手势。

陈二白点点头，小心翼翼地背过身去，但是背后没有动静。

过了一会，黄希瑞咳嗽了下小声说："你能不能把上衣脱一下，不然没有办法涂药，会沾到衣服上……"

陈二白迟疑了一会，又点点头，默默把上衣脱掉，挂在椅子上，然后有些不自在地抬手交叉捂住自己胸前。

黄希瑞在背后看他矜持的样子，忍不住偷笑了一下，接着仔细地帮他把后背的几处伤口先用湿巾擦拭干净，然后细致地涂抹着消炎药水，药水刚刚碰到陈二白伤口时，陈二白身子都会微微颤动，于是黄希瑞低头温柔地朝着伤口吹气，发丝时有时无地触碰到陈二白的皮肤。

陈二白脸默默地红了起来，耳朵像蒸煮过一样，通红炽热，拘谨得一动也不敢动。

黄希瑞边涂药边叮嘱道："你呀，记得晚上睡觉的时候，尽量不要平躺，多侧着睡和趴着睡，如果痒的话，也不要去抠，不然会感染……"

说着说着，黄希瑞忽然注意到了陈二白那两只通红的耳朵，又侧着头看了看陈二白的侧脸，发现他一副正襟危坐的样子，她忍不住朝着他的耳朵吹了一口气逗他一下，陈二白瞬间整个人都弹了起来，黄希瑞捂着嘴笑出声来。

陈二白尴尬地问："干吗……"

黄希瑞笑嘻嘻地问："你怎么这么敏感？"

陈二白满脸通红地转过头去看着黄希瑞，一脸娇羞地反问她："难道你不……不会那个……吗……"

黄希瑞的脸也唰的一下红了，直起腰来，面带愠色回道："女孩子讲清白的，你不要乱说！"

两人尴尬地对视着，陈二白突然又用手遮住了自己的胸口，默默转了回去。

搽完药，陈二白小心翼翼地穿上衣服，黄希瑞则在陈二白家里四处打望，走来走去，嘴里念叨："原来公子哥哪怕家道中落也还可以住这样的地方啊！"

陈二白有些尴尬："都破成这样了，你就不要抬举我了。"

黄希瑞突然停了下来，认真地看着陈二白："怎么你这个房子，不像还有别人一起住的样子？"

陈二白："为什么？"

黄希瑞："感觉冷冷清清的，而且都没有看到你爸妈的东西。"

陈二白默默低下了头，过了一会小声地说："他们的东西很少，而且也不常待在家里，所以就这样了。"

黄希瑞一副了然的样子，点着头。

两人沉默地坐在家里，过了一会黄希瑞突然开口说："我要去看我爸爸了……"

陈二白点点头："要我送你过去吗？"

黄希瑞摇摇头说："不用啦，你今天就好好休息吧，伤口别碰水。"

陈二白："好。"

黄希瑞："嗯。"

黄希瑞朝门口走去，开门临走前笑着说了一句："周一见！"

陈二白也笑着说："周一见！"

门被关上。

陈二白走到窗边，透过窗户，看着黄希瑞的背影，莫名笑了起来。突然，他又默默掏出口袋里的全部身家，500元钱，他面色变得凝重，忍不住又叹了一口气。

周末一大早，陈二白来到路边一家超市，走到卖大米的地方，看了看，又走到卖面粉的地方停了下来。

片刻之后，陈二白抱着一大包面粉艰难地朝家里走去，他把面粉放在客厅一角，拍了拍手，蹲下来打开面粉袋，盛了半盆出来，拿到厨房，开着水龙头把水装进盆里。

陈二白满头大汗地揉搓着盆里那坨形状色泽怪异的面粉，过了十多分钟，他觉得差不多了，又把面粉一小块一小块地捏出来，放进一个锅里，弄了满满一锅，倒满水开火煮了起来。

陈二白坐在桌子旁，夹着煮面块，蘸着酱油送进嘴里，嚼了两口，得意地笑了起来。

到了中午，陈二白从锅里捞出一碗上午煮的面块，继续蘸酱油吃了起来。

到了晚上，陈二白走到厨房，看着锅里的煮面块，面露难色，他抬头到处看了看，拿出半瓶辣椒酱，走到客厅，坐在桌旁，开着电视里的美食节目，边看边吃辣椒酱拌面块。

夜里，陈二白躺在床上，整个房子寂静无声，他看着墙壁发呆。

又过了一会，他默默地站起来，走到厨房，小心翼翼地将水龙头拧开了一点点，然后在下面放了白天和面的那个面盆，于是响起了"滴答滴答"的水滴声，打破了这难耐的寂静。

他躺回床上，默默地闭上了眼睛，嘴里默数着水滴声响的次数，渐渐睡去。

陈二白第二天照旧揉面团，揉着揉着忽然听见窗外有小朋友的嬉戏声，厨房有一个窗户正对着外面的偏僻道路，道路上有三五个小孩正在开心地踢着地上的瓶子玩耍，嬉笑打闹着。

他忽然想起许多年前，他这么大的时候，也常常如这些孩子一样在家门口不远处玩着一切能玩的东西，不舍昼夜。唯一能让他有时光观念的东西，是母亲站在厨房窗户边，一声声喊他回家吃饭的呼唤。

他想起母亲走那天，幼时的他并没有哭，只是有些与以往不一样的感觉，他那段时间常常内疚，母亲的离去，他竟无法为此掉下一滴眼泪来。

直到之后的某个黄昏，他呆呆地坐在家门前，渐渐天黑，他猛然想起什么一般，转头望向家里靠近路边的厨房，看见那个窗户前再无母亲身影，再无人呼唤他。那一刻，他忽然泪如泉涌，放声大哭。

此去经年他才渐渐明白，原来人都是迟钝的；遇而不知，憾而不觉，蓦然回首，才在许多曾经习以为常的平凡时刻，知觉到了再也回不去的遗憾。

这些遗憾深藏心底，在许多似曾相识的彼时彼刻，会再次浮现脑海，让人揪心一痛，恰似此时泪流满面的陈二白。

陈一琼支着拖把，坐在拳馆门前，像一尊门神，旁边蹲着王胖子。

陈一琼忽然叹气。王胖子拍了拍他的肩膀安慰道："也许他们是离开这座城市了也说不定。再多打探打探，一定会有消息的。"

陈一琼："茫茫人海，比捞针还难，也不知道他们过得好不好。"

王胖子沉默。

陈一琼忽然抬头看着门口不远处，背朝一片金黄菜花，摆着架势缓慢练功的师父发呆。

师父的动作稳健且有力，像一股缓缓向前淌去的涓涓细流，让人平静。突然师父眉头一皱，面露难色，僵在了原地。陈一琼和胖子对视了一眼，赶紧凑上去扶着师父。只见师父面色苍白，用手支着自己的腰杆。

师父摆摆手对两人说了一句："不准扶。"

两人点点头，同时松开了手。

师父重心一倾，又要往侧面摔去。

两人又迅速伸手托住了师父，王胖子战战兢兢地问："师父，还扶吗？"

师父："别问。"

两人把师父扶进拳馆坐好之后，开始擦地板窃窃私语。

王胖子："师兄，师父是真的老了。"

陈一琼："嗯，以前不觉得，刚刚仔细看了看，突然发现师父已经这样了。"

王胖子："以后我们好好对师父吧。"

陈一琼："我们什么时候对师父不好了？"

王胖子："也是。不过说来惭愧，我们两个人年纪轻轻，自己都不练功，你看师父，练得腰都闪了。"

陈一琼也一脸羞愧的样子。

两人低头继续擦地板。

夜里，师父在自己的房间里，关上门，面对着电脑，正在跟一位与他年纪相仿的老太太聊着天，聊天室名称：夕阳红老年线上交友。

老太太在视频那头："尚尚啊，你看你这个猴急的性格，把腰闪了吧，舞技哪里是一朝一夕练成的？今天只能你看着我跳了，你跟着学一下手的动作就算了……"

师父有些羞涩地回道："好吧！"

于是师父站在电脑前，跟着视频里的网友老太太学跳恰恰，动作生硬笨拙却又有莫名的力道，脸上洋溢着幸福。

而康乃馨俱乐部的不倒翁传说依旧在继续。陈一琼在每晚的欢声雷动中，依然继续屹立不倒。

深夜，陈一琼在拳馆狭窄的房间里，坐在床边，翻开自己记录的欠债本，默默勾去了第一个，然后看了看，还有整整一竖排，又往后翻了一页，也还有整整一竖排。陈一琼突然目光停驻在夹在本子里的那一张"百馆大战"邀请帖上，他看了看奖金栏，最终优胜拳馆，奖金 50 万元。

陈一琼听见上铺的王胖子已经鼾声如雷，他动作轻巧地爬了起来，蹑着脚走了出去。他站在漆黑的拳馆里，对着墙边的镜子，拉起上衣，看着镜子里已经走样的身型，他低头捏了捏自己的肚腩和松弛的手臂，视线慢慢转移到拳馆正中央的拳台，双眼渐渐失去焦点，耳边仿佛响起了鼎沸的人声。他胸口剧烈地起伏着。

突然陈一琼睁开眼，摆出拳击的架势，朝着空气挥动了两拳，然后抓着缆绳朝着拳台一步跃起想爬上去，结果一不小心脚滑，摔了一跤，在地上抱着膝盖，一脸痛苦，倒吸着凉气。

第四章

百馆大战

面色蜡黄的陈二白，站在周一早会的人群中，无精打采。早会结束，大家纷纷从操场退场，陈二白挤在人群中，忽然被人用力撞了一下肩膀，他抬头看了一眼，发现是一脸嚣张的老狗。

老狗表情挑衅地看向陈二白："脸色这么差，被打傻了？"

陈二白一脸无奈地默默走开。

老狗几人则在背后嘲笑他尿货。

陈二白坐在座位上，忽然看见斜前方有个同学正在吃蛋糕，他摸着肚子，舔了舔嘴唇，瞄了一眼同桌黄希瑞空荡荡的座位，陷入沉思。

一上午过去，黄希瑞依然没有出现，陈二白趴在桌上，静静地发呆。到了下午放学的时候，黄希瑞依旧没有出现。

此后三天，她都没有出现。陈二白心里开始有点不安。

陈二白回到家中，坐在餐桌旁，继续吃着煮面块，东西不好吃加上想着黄希瑞，他更加食不知味。他嘴里嚼着面块，忽然听见身后有些细微的声响，他扭头看向声音来源处，发现是从那袋面粉里传出来的。

他奇怪地皱起眉头，走过去，用脚踢了踢那袋面粉。突然面粉里蹿出一只老鼠，他眼睁睁地看着老鼠贴着地板跑走，脸色渐渐变得很难看，微微张开嘴，看向桌上那一盆煮面块，瞬间跪在地上干呕起来，面红耳赤，泪水横流。

过了一会，陈二白提着一个行李箱急匆匆地出了门。片刻之后，他来到当铺门口，走进去，在大厅放下一个箱子。

里面两个工作人员立即提起了精神，小声私语道："肯定是大货……"

另一个用力点点头，满脸客气地走上前去，指着行李箱问："小兄弟，这是？"

陈二白默默蹲下来，打开箱子，然后得意地看着两个工作人员。两个工作人员看了看箱子，面面相觑，问道："衣服下面包着什么宝贝？"

陈二白疑惑地看着他们，用手翻了翻说："衣服下面还是衣服啊！"

工作人员呆呆地看着陈二白："然后呢？"

陈二白："全是名牌，你们当铺不是什么都收吗？原价几千上万的都有！"

工作人员忍不住笑了起来："我们收了以后，然后呢，自己收藏吗？"

陈二白挠了挠脑袋："但这些衣服很值钱啊……"

工作人员点点头说了句："明白。"

几分钟过后，陈二白提着满满的行李箱，又站在了当铺门口，朝着当铺小声骂了一句："不识货……"

陈二白拉着行李箱，继续找下一家典当行。

但全都无功而返。他又累又饿，满头大汗，行李箱放在地上，他坐在行李箱上，颓然看着这个世界里每个手里拿着食物的人，接着又看着马路对面的高级餐厅发呆。

忽然他将目光停在了对面的一个外贸服装店，他站起来提起箱子走了过去，进了服装店，他径直单膝跪地，摊开箱子，然后抬头看着一脸好奇的老板娘说："这一箱名牌衣服，连带这个箱子，2000元钱，全部卖给你。"

老板娘笑着问："我开门卖衣服，你进门还卖衣服？"

陈二白随手抓起了一件，递给老板娘："你好好看看。"

老板娘拿在手里看了看，接着又蹲下来翻着箱子里余下的衣服，点点头，然后面带可惜地问："这些衣服你都不要了？"

陈二白沉默了一下，认真地盯着老板娘的眼睛突然哽咽了一下说："因为我真的太饿了。"

老板娘面露惊讶，上下打量了一下陈二白，发现他真的面色蜡黄，弯腰驼背的样子，脸上还有一股青少年少有的颓然。几秒过后，老板娘点了点头。

陈二白在路边的小饭馆点了一盘炒肉片，然后直接把一碗饭倒扣在了菜里，低头狂扒着饭菜，嘴巴撑得满满当当，脸颊都是饭粒。

恰逢此时，有很多人看向马路，一队豪华的婚车驶来，陈二白鼓着嘴，也随路人一起看着这一切。一排豪华轿车整齐地停在了路边。主婚车开门，走下来面容精致贵气的新娘子，穿着婚纱，戴着金饰，陈二白惊讶地张开嘴，发现那正是自己的前任后妈。

后妈随着新郎和一帮人热热闹闹地走向隔壁的高级餐厅。

突然陈二白和她四目相对，陈二白手里端着一个乱七八糟的菜盘，脸上满是油渍和饭粒，像一个乞丐，他挤出笑脸，憨厚地憋出一句："恭喜。"

一丝惊讶和尴尬从后妈脸上闪过，她看了看陈二白，一句话也没说，低头快步走进了餐厅。

陈二白有一丝失落，继续低头吃着饭。

陈一琼和王胖子的自行车忽然在路旁停下，看着远处热闹的高级餐厅门口，王胖子转头问陈一琼："那个背影，怎么这么像嫂子？"

陈一琼扭头看了看，摇摇头说了一句："没觉得，走吧，上班去吧。"胖子点点头，骑着自行车走了。

陈一琼却不知道为什么总忍不住一直朝后看，看一个消瘦的少年背影，有几次他都忍不住想喊一声，但克制住了。自行车终于渐行渐远。

这天晚上，陈一琼脑海里全是那个消瘦少年的背影，他穿着卡通服，麻木地被客人打着，毫无知觉。他看了看窗外，外面下起了雨。

陈二白走在回家的路上，天空淅淅沥沥地落下雨滴来，他只得加快步伐，小跑起来，踏起了路上的水花。两旁的路灯越来越少，雨越下越大，陈二白跑得越发快了起来。

突然他看见家里附近不远处停放自行车的简陋雨棚下，蹲着一个女生，穿着他们学校的校服，身影落寞。陈二白缓缓停下脚步，气喘吁吁地看向她。

他试探性地喊了一声："黄希瑞？"

那个落寞的身影抬起头来，然后慢慢地站了起来，正是黄希瑞，但是她眼神涣散，面色憔悴。全身湿漉漉的陈二白既惊喜又担心，快步走过去，惊讶地问道："你怎么在这里？"

黄希瑞看着陈二白，陈二白凑近了才发现，她脸上隐约有泪痕，黄希瑞忽然就哭了起来，哽咽地说："爸爸走了。"

陈二白嘴巴微张，一脸不可置信的样子看向黄希瑞，而黄希瑞只是双手捂着脸痛哭，抽泣着说道："从此以后我就一个至亲都没有了，我觉得很孤独……他们都不见了，我要一个人生活在这个世上……"陈二白红着眼睛，张开颤抖的手臂，忽然缓缓上前抱住了黄希瑞，轻轻地把她抱在胸前，黄希瑞哭得更大声了。

陈二白小声地说了一句："我懂。"

黄希瑞："你为什么会懂……"

陈二白："因为我也是。"

怀里的黄希瑞吸着鼻子抬头看着陈二白。

陈二白："上次你没说错，我的确是一个人生活。小时候我妈走了，后来我后妈也走了，我也很久没见过我爸爸了。"

黄希瑞剧烈起伏的身躯稍微歇了歇，哭红的双眼有些讶异地盯着同样一脸伤感的陈二白。

陈二白也默默地看着她。

狂风夹着雨点刮来，两人像被命运交织在一起的两叶扁舟，拥抱在一起。

不久之后，黄希瑞情绪渐渐平息，陈二白则轻轻松开了手。

黄希瑞："好像哭完就好多了。"

陈二白点点头。

黄希瑞吸了吸鼻子，接着说："其实心里早有准备，这对爸爸来说也是一种解脱了。只是今天突然路过我和爸爸以前常去的路边摊，才一下子觉得好难过。"

陈二白拍了拍黄希瑞说："我懂。这些回不去的时刻，就是大家所谓的遗憾，遗憾使人悲从中来。"

黄希瑞也点点头，擦了擦眼睛，长长舒了一口气，看着电闪雷鸣的天空："只是以后不知道怎么办了。"

陈二白看着黄希瑞，犹豫地说："其实我们可以生活在一起，我们都是一个人。"

黄希瑞看着陈二白，又点了点头。

两人在家中，陈二白躺在客厅的木床上，黄希瑞则躺在唯一一个卧室里，她的床正对着客厅里的陈二白，两人在漆黑的屋子里默默对视着。

陈二白轻轻地说了一句："晚安。"

黄希瑞也低声说了一句："晚安。"

只是两人说完，依然睁着眼对视着。

忽然陈二白爬了起来，默默走到厨房，把滴水的水龙头关得紧紧的，又躺回了床上。屋子寂静无声，他却不再感到难熬。

第二天，陈二白被闹钟吵醒，他睁开眼，发现黄希瑞已经穿好了整齐的校服，坐在客厅里的饭桌前，默默地看着他。

他缓缓坐起来，看见桌上有一个盘子，里面有两个煎好的荷包蛋，他看着黄希瑞，黄希瑞对他得意地笑了起来。

他也羞涩地笑了笑，挠着脑袋。

片刻之后，两人吃完早餐，一起穿着校服走出门去，雨后放晴的天空一片洁净蔚蓝，早晨和煦的阳光打在两个年轻人身上。

黄希瑞突然开口问："你一个人生活，又不肯去打工，钱还都借给了我，你怎么活下来的呢？"

陈二白尴尬地笑着："确实差点活不下去了。"

黄希瑞担心地看向他。

陈二白："但我不是有挺多名牌衣服的嘛，我昨天卖了一箱给一个服装店老板娘。"

黄希瑞皱起眉头："一箱，卖了多少钱？"

陈二白开心地笑着："2000 元，加那个行李箱，我是不是很聪明？"

黄希瑞突然用力拍了一下陈二白的脑袋，生气地看着他，陈二白捂着后脑勺奇怪地看着黄希瑞。

黄希瑞："那个箱子都不止2000了吧？你真是蠢得没救了，那么多衣服，去摆地摊卖掉都不止2000吧？"

陈二白傻笑着说："是吗……摆地摊……"

黄希瑞瞟了他一眼，安静地朝前走去。陈二白则默默跟在黄希瑞身后。

过了一会，黄希瑞拿出一对耳机，将其中一只轻轻地塞进陈二白耳朵里。

陈二白："这是什么歌？"

黄希瑞："*Marching on*，中文名，《继续向前》。"

陈二白跟着音乐律动，点了点头。

两人经过医院时，黄希瑞放缓了脚步，陈二白看了看她，默默地拉起她的手，继续往前走着。

两人经过体育场，看到上方拉着一个巨大的横标，宣告"百馆大战"即将开幕。

振兴拳馆对面的稻田间，陈一琼和王胖子正在田里抓着泥鳅改善伙食，忽然看见一伙人来势汹汹地沿着马路朝拳馆走来，然后大摇大摆地进了拳馆，两人赶紧从田里扯着一条水管上马路边冲干净脚，踩着鞋子往拳馆跑去。

两人一进门就看到十多人在拳馆四处站着，大喊着"人呢？"王胖子大喝了一声："干什么啊？踢馆啊？"

一干人等转过身来，看着他们两人，两人发现，为首的正是雷朋。王胖子有些气虚地问："怎么又是雷哥……"

雷朋笑了笑说："放心吧，今天不找你，也不找拳馆麻烦。"

王胖子有点紧张地问："那是……？"

雷朋用细长的眼睛瞄了瞄陈一琼："我找他。"

陈一琼皱起眉头，奇怪地看向雷朋，雷朋点点头。

王胖子在陈一琼耳边小声问："你又跟他妈跳舞了？"

陈一琼一脸莫名其妙地瞟了王胖子一眼，然后问雷朋："找我干什么？"

雷朋冷冷地说："我有些朋友，在你这里有些钱还没拿回去，正好我又讲义气，让他们低价把债权转让给我了。所以，现在你欠我钱了。我来找你还钱，没什么问题吧？"

陈一琼听完，面色苍白，开始沉默。

雷朋："怎么？不打算还吗？"

陈一琼："还，但是需要时间。"

雷朋："我有时间，但是，万一我没有等你的心情怎么办？"

说完开始打量周遭，仿佛在看这里值多少钱，过了一会，雷朋皱起眉头嫌弃地摇了摇头。

陈一琼转身进了房间，掀开被子，拿出一个厚信封走了出来，递给了雷朋说："这是我现在所有的钱。剩下的钱，我给你写欠条。"

雷朋继续摇了摇头。

王胖子低头摸了摸口袋，掏出几十元钱，看了看，又默默塞了回去。

陈一琼无可奈何地看着雷朋，雷朋突然看了看旁边的拳台说："既然你也在拳馆，肯定多少会一点搏击，要不我们打一场，你赢了，我就给你宽限些时间，怎么样？谁先站不起来，谁输。"

陈一琼看着雷朋不依不饶的样子，唯有点点头。

王胖子紧张地拉着陈一琼小声地说："师兄别，我跟他打过，他可不是康乃馨俱乐部那种水平的。"

陈一琼小声地反问王胖子："那我还有别的办法吗？"

王胖子沉默，默默走向旁边，拿出两副拳套来，雷朋一脸兴奋的样子，跟着来的跟班们也开始起哄。

王胖子默默把拳套递给陈一琼，面色凝重地帮他戴上，哀愁地说："师兄，如果你真有三长两短，我也不活了。"

陈一琼："你在说什么傻话？"

王胖子："不是……一个人给师父养老，太辛苦了……"

陈一琼不可思议地看着王胖子。

两人站上拳台，雷朋情绪亢奋，不断用双手击打着自己的胸膛。陈一琼看他气势汹汹的样子，有些害怕地咽了咽口水。

突然，雷朋朝前一跃而起，一膝盖直接就顶在了陈一琼还没来得及防守的头部。下面的跟班们一片欢呼，王胖子震惊地看着台上。

陈一琼感到一股热血从鼻子喷涌而出，双眼一黑，开始耳鸣，缓缓地朝后倒退，向后倒去，却正好靠在了缆绳上，微微一弹，他稍微恢复了一些意识，视力刚刚恢复的时候，一个硕大的拳头又正好迎面而来，他下意识地抬手护住头部。

又是一记重击，他脚下已经是一片血迹，他张大嘴喘了口气，默默退到拳台一角，紧接着雷朋的高鞭腿、勾拳，全都往他身上呼啸而去。

王胖子蹲了下来，默默捂住脸，闭上眼睛，两行泪水就掉了下来。

一声声的闷响，回响在拳馆里。雷朋越打越兴奋，动作越来越迅猛。陈一琼则像风中的柳叶，被打得无力地到处晃动。

王胖子突然跪在地上，张开双臂，举过头顶大喊："认输了认输了，钱我们去抢都给你抢回来！"

雷朋忽然停了下来，看了看台下的王胖子，微微笑起来："胖子，这样不符合我们刚刚定下的规则。必须打倒才算输。可他还在顽抗。"

胖子看向角落中的陈一琼，发现他举在头部前方的双手颤抖着，十只脚趾弯曲，仿佛在紧紧地扣着地面，不让自己倒下。

雷朋转过身又开启了殴打模式。

王胖子看着角落里的师兄，师兄的血一滴一滴地淌下来，忽然胸前剧烈起伏，眼里含着泪水，透出从未见过的愤怒，猛然站起来大喊了一声："啊！"说着操起一只板凳，往台上冲去。下面十多个雷朋的跟班一拥而上，瞬间把他摁倒在了地上，在他身上疯狂地踩踏，王胖子在许多只脚的缝隙中，看着拳台上发生的一切。

雷朋生气地大吼："顽强是吧！"说着一下子扛起了已经意识模糊的陈一琼，朝着拳台的地面，狠狠地使出一个抱摔，一声巨大的闷响，全场都沉默了，大家纷纷看向拳台，陈一琼嘴唇颤抖着，双眼无神且空洞地张开着。

王胖子哭喊着"师兄"。

雷朋胸膛起伏着，看着脚下的陈一琼，准备摘下拳套。

忽然陈一琼咳嗽了一声，喷了一口血出来，然后用颤抖的双手，支撑着地板，抬起头来，大家都惊讶地看着陈一琼。

只见他轻微地喘息着，沉默且缓慢地从地上站了起来，又默默退到拳台一角，继续双手护头。

王胖子声嘶力竭地哭着喊道："师兄，认输吧！求求你了……"

陈一琼微微地从嘴里挤出一句："老子不……"

雷朋无可奈何地笑了起来，叉着腰看向角落里的陈一琼，然后默默走了过去，又和刚刚一样，抱起了陈一琼，抱到拳台正中央，王胖子绝望地摇着头。

忽然拳馆深处，默默走出一个全身黑衣的老年人，一路走一路剧烈地咳嗽。大家都被吸引了注意力，雷朋抱着意识模糊的陈一琼，看向另一边。

师父缓缓走了出来，面色苍白且疲惫，没有了以往的傲气，无精打采地看了看拳馆里的一切，然后对台上的雷朋说："放手吧。我老了，我不想看着自己的徒弟被打死在自己面前。"说完从兜里摸出一个存折，拿在手里对雷朋接着说，"我看了看我徒弟的账本，我这存折里，正好差不多够，还差的那几千元钱，就当你给他的医药费了。"

雷朋看了眼王精尚，把陈一琼扔在了地上，迅速地跳下拳台，边朝着王精尚走去边取下拳套，走到他面前时，雷朋一手拿过存折，认真翻看着。

王精尚又疲惫地说道："没什么问题的话，我陪你们去取钱。今天的事，大家就到此为止吧。"

雷朋面无表情地点点头。

陈一琼躺在地上，看着苍老的师父，默默地被他们一群人围在中间带走，红了眼睛。

王胖子赶紧扑了上来看了看他，然后说了一句："师兄挺住。"说完，转身冲进房间，拿出药箱。片刻之后，陈一琼被缠得像具木乃伊一样，静静地躺在床上。

王胖子则拿着一条毛巾，时不时地帮他擦拭渗出来的血。陈一琼双眼无神地看着胖子，渐渐昏迷了过去。

陈二白和黄希瑞坐在家里，安静地看着电视。突然周围一片黑，电视也关了，吓得陈二白尖叫了一声，他紧紧地抓住了黄希瑞的手。

黄希瑞看着陈二白冷静地说："停电了。"

陈二白松开手，随意地摸了摸脖子假装镇定地回道："嗯，我知道。"

黄希瑞："那你害怕什么。"

陈二白沉默。

过了一会，两人点起蜡烛，坐在沙发上，一言不发。

陈二白："怎么才能有电？"

黄希瑞用力拍了一下陈二白的脑袋生气地说："你傻啊，当然是交电费啊！"

陈二白摸了摸自己的后脑勺轻轻地"哦"了一声。

黄希瑞突然看着陈二白，冷冷地说："你就告诉我，你这种死要面子的人，不肯打工挣钱，之后是打算让我养你吗？"

陈二白："可以吗？"

黄希瑞："可以。"

陈二白："谢谢你！"

黄希瑞："嗯。对了，你上次说很久没见你爸爸了，他是怎么了？不管你了？"

陈二白忽然沉下脸，不说话了。

黄希瑞拍了拍他的肩膀说："我懂了，又是'生于豪门父爱缺失'的故事，对吗？"

陈二白摇摇头，毫无兴致地回道："我不知道。"

黄希瑞看了看他，懒得再聊下去，自己把蜡烛一吹，倒在沙发上。

两人在沙发上，各自枕着一头，脚搭在一起，沉沉睡去。

第二天放学，黄希瑞拉着陈二白就往校门外跑。

陈二白在后面着急地问："干什么啊？"

黄希瑞："老子打工要迟到了！"

说完两人快速地朝蛋糕店跑去。

黄希瑞换上浅蓝色的围裙，用纸巾擦了擦汗，扫了一眼墙上的挂钟，时间正好，她微笑着站在柜台前。

陈二白则在蛋糕店里的椅子上坐了下来，安静地看着黄希瑞认真打工的样子，此时傍晚，蛋糕店生意红火，黄希瑞不断小心翼翼地拿出客人预订或挑选好的各式糕点，熟练地给客人装盒打包，一刻不停歇，还不忘挂着笑容。

陈二白看着她一直在忙碌，脸上有些心疼的表情。

两小时之后，蛋糕店最热闹的时间渐渐过去，黄希瑞脸颊带着一抹潮红，轻轻地揉着自己的手腕，长舒了一口气。然后盯着一旁看着窗外发呆的陈二白，黄希瑞调皮地喊了一句："喂，你这个人在这里坐了这么久，怎么什么都不买？！"

陈二白转过头来，尴尬地看着黄希瑞。

黄希瑞挑着眉头，一脸嚣张地看着他。

陈二白默默站起身来，走到柜台前，看了看面前的蛋糕，陷入犹豫，黄希瑞指着一小块上面有草莓的奶油蛋糕说："你喜欢这块，对不对？"

陈二白迟疑地看着黄希瑞，看到她表情坚决，于是点了点头。

黄希瑞捂着嘴笑了起来，把蛋糕小心翼翼地拿出来装进盒子里，然后职业地对陈二白说："先生，每晚 8 点过后，我们这里的糕点都打七折哦！"说完开心地指了指墙上的钟表，上面显示 8 点 01 分，接着得意地对陈二白笑着。

陈二白也笑了起来，点点头，掏出钱付了款，拿着小盒子，站在蛋糕店门口等黄希瑞下班。他看着面前热闹的街道，来往的车辆，又扭头看了看蛋糕店里的黄希瑞，她也正透过玻璃看着自己。他忽然觉得城市不再像之前那样冷漠，也许是因为有人注视的原因，很多时候，对于他这种内心寒冷的青少年来说，目光的温度也已经足够温暖。

黄希瑞下班后，两人安静地走在路上，晚风吹过，黄希瑞的发丝随风飘起，在路灯下显得忽明忽暗，她拨了拨头发，拉着陈二白往江边走去，两人在江边坐下。

黄希瑞把手摊在陈二白面前："蛋糕呢？"

陈二白把盒子放到她手上，她低头轻巧地打开了蛋糕盒子，看着里面的蛋糕，用手指蘸了一点奶油，伸到陈二白嘴边，陈二白舔了舔，黄希瑞问他："好吃吗？"

陈二白用力点头说："好吃！"

黄希瑞又从袋子里拿出两个塑料叉子，递给陈二白一个，接着说："今天是我生日。"

陈二白愣住了，一脸不好意思地看向她："你怎么不早说……"

黄希瑞认真地看向陈二白："这样已经很好了，足够了。"说着叉了一口蛋糕放进嘴里，心满意足地点点头。

陈二白转身把书包拿了出来，打开书包拿出一个本子，边翻开边说："没准备礼物，就送你这个吧。"说完递了两张夹在本子里的纸给黄希瑞。

黄希瑞在昏暗的江边，看不到那两张纸写了些什么，直接问道："是什么啊？"

陈二白把纸举高放在路灯下，黄希瑞凝眉看去，嘴里读出来："欠条？"

陈二白点点头，然后站了起来，忽然两手将两张欠条撕得粉碎，接着用力撒向空中，开心地放声大喊了一句："生日快乐！祝你年年十八！祝你永远不再孤单一人！"

纸片随着江边的晚风在空中飘洒，昏黄的路灯照得纸片金灿灿的。

黄希瑞抬头看着陈二白傻乎乎地笑着，又看了看那些飘飞的纸片，小声地问了一句："你这守财奴不后悔吗？"

陈二白摇摇头："不后悔。以前心里空荡荡的，如果还没有钱，就不知道该怎么办了。"

黄希瑞咽了咽口水，有些开心地问："现在心里就不觉得空荡荡了吗？"

陈二白看着黄希瑞的眼睛："嗯。"

黄希瑞用手臂抹了抹眼睛，低头笑了笑，轻声说道："好吧。"

周末下午，陈二白在家门口陪周围一群小朋友玩着老鹰抓小鸡的游戏，他作为一只老鹰，故意做出笨拙的样子，左冲右突地扑向面前一群小朋友。小朋友们都开心得哈哈大笑，他们在地上扬起一片细微的尘土。

忽然陈二白身后响起一声清脆的"陈二白，回家吃饭了！"。

陈二白停下，一时没反应过来，转身朝身后看去，看见黄希瑞正站在厨房的窗户旁，望着他。

陈二白傻乎乎地对黄希瑞笑了起来。

黄希瑞又对他不耐烦地说了一句："回家吃饭了，菜都做好了。"说完她端起菜走出了厨房。

陈二白看着那扇窗户，夕阳的余晖洒着暖洋洋的光，在似曾相识的此时此刻，他重新想起了某种藏于心间的缺失，这份尖锐的缺失却渐渐粉碎在虚无中，默默填补进了心底某处，就像失而复得一般。

他鼻子莫名一酸，往家里开心地跑去。

陈一琼从床上坐起来，看着自己满身纱布，一股浓浓的药水味充斥着房间。他取下缠着的那些纱布，轻轻地摸了摸自己身上各处，发现没有什么大碍，突然感到松了一口气，刚刚松完气，忽然又皱起了眉头，神情落寞。

他缓缓下床，走了出去，看见师父和王胖子正坐在拳馆里，吃着花生，他们两人听见脚步声，转头看向陈一琼，王胖子开心地喊道："师兄，你没事了？！"

陈一琼点点头，接着面色凝重地看向师父，师父微微一笑。陈一琼朝他走过去，走到他面前，"唰"的一下就跪了下去。

王胖子表情也变得严肃起来；看着他们师徒二人。

陈一琼红着眼睛，带着哭腔说："师父，那都是你的养老钱。"

师父拍了拍陈一琼的肩膀："师父这身板，没病没灾，养老要得了几个钱？"

陈一琼抱着师父的腿一脸愧疚。王胖子是个感性的胖子，在旁边也忍不住跟着落泪。

师父突然抬手，语气坚定地说："任何时候，都不要一副失败者的样子，也不要跪在地上。"说完，有力地将陈一琼扶起。

陈一琼点着头。

王胖子擦了擦眼泪，手里剥好的花生却一不小心掉在了地上，他弯下腰去捡。

师父忽然又说："就像不要去捡掉在地上的那块红烧肉一样，我们要得体。"

此时王胖子刚刚碰到地上的花生，他僵住了，又默默地收回了自己的手，小心翼翼地坐直了身子，然后盯着那颗花生，一动不动。

陈一琼吸了吸鼻涕，用力擦着眼睛里的泪水，又点点头说："师父，你放心，我一定会好好照顾你的。"

师父看了看他，微笑着说道："重要的是，大家在一起。"

王胖子用力地"嗯"了一句，然后迅速捡起地上的花生，放进了嘴里，师父瞬间一掌如风般凌厉而至，拍在王胖子背上，王胖子一呛，一颗花生从嘴里喷了出来。

王胖子立即站了起来，低着头对师父说："对不起！"

此时突然拳馆门口走进来一个人，他头发凌乱，衣衫破烂，一脸污黑，眼神茫然，看着三人咳嗽了一声。

三人都吓了一跳，仔细地打量着他。

陈一琼一脸不确定地问了一句："阿……阿娟？"

那个人趴在地上，用力地点着头，两行热泪从脸颊淌下。

王胖子："娟哥，你怎么了？"

阿娟擦了擦眼泪："我刚刚从河南回来，那里果然也没有我想学的武功，所以我又回来了……走到一半，身上没钱了，就一路乞讨回来……"

三人沉默。

过了一会师父突然开口道："那你就留下学拳吧，反正这里已经有三个乞丐了，多一个也无所谓。"

阿娟感动地点着头，从怀里掏出一张彩票："为了报答你们，把这个给你们吧。"

王胖子走上前去，默默接过，看了看是彩票，正准备随手一扔。

阿娟拉着他的裤腿，制止了他："别扔……"

王胖子："为什么？"

阿娟："中了好几万，我一直没时间去领奖金。"

王胖子惊讶得大喊了一声："什么？！"

阿娟抬头对着王胖子坚定地点了点头："这个就当作我给你们的学费和食宿费了。"

三人都惊讶地看着阿娟。

王胖子继续惊讶地问："你有时间一路乞讨回来，却没有时间去领奖金？"

阿娟皱着眉头，双眼放空，迟疑地说了一句："对啊，我怎么没想到……"

师父忽然目光尖锐地看着王胖子，王胖子赶紧毕恭毕敬地双手将彩票递给了师父。

晚饭后，王胖子带着洗完澡的阿娟进了房间。

阿娟站在门口问胖子："我睡上铺还是下铺？"

胖子说："你睡下下铺。"

阿娟："下下铺？"

胖子点点头，指了指陈一琼的下铺说："你睡这下铺底下。"

阿娟点点头，蹲着把床单铺好，侧身躺了进去，接着探出头来说："二师兄，还不错！"

此时陈一琼也走了进来，看了看阿娟，有些忍俊不禁，接着又对胖子说："走吧，咱们去上班。"

王胖子惊讶地看着陈一琼："师兄，你刚刚痊愈，还去上班？"

陈一琼："嗯，师父养老的钱都帮我还债了，而且我听说小白还在这里，我要尽快找到他，把他接回来。"

王胖子担心地看着他，点点头，忽然头磕碰在床架上，床上掉了一个笔记本下来，是他的日记本，他低头捡起，里面滑出一张发黄的照片来。

照片里是一个小婴儿，什么都没穿，坐在某个房间里的某个角落，背后有一幅牡丹花的油画。

陈一琼凑过去看了看问："这是什么？"

王胖子："据说我几个月大的时候被扔在师父家门口，这张照片当时压在我屁股下面。"

陈一琼："你小时候不胖啊！"

王胖子点点头："是啊！"说着两人走了出去。

师父在房间里，和老年网友通着视频跳恰恰，不小心碰到了后面的柜子，一幅画掉下来，他把画捡起来，看了看，是一幅牡丹花油画，他仔细地吹了吹，小心翼翼背面朝外地放回了原位。

晚饭后，黄希瑞和陈二白正在收拾房间里的衣服，黄希瑞喘了一口气，问陈二白："这些真的都不要了？"

陈二白："饭都快吃不上了，还要它们干什么？"

黄希瑞："这么豁达，那就好！"黄希瑞把衣服全装进了一个麻袋，噘着嘴干练地扛在肩膀上说，"我走了。"

陈二白把她肩头的麻袋提了过来，默默地走出门去。

黄希瑞在后面奇怪地问："喂，你这么死要面子的人，也肯跟我去摆地摊吗？"

陈二白："我当然要面子了。"

黄希瑞："那你还去。"

陈二白："但也不能让你一个人去吧。"

两人走出门，黄希瑞跟在身后："你长大了！"

陈二白："是啊！"

黄希瑞笑了笑。

两人在热闹的大学城门口蹲着，面前铺着一块布，摆着名牌二手服饰。陈二白问黄希瑞："为什么来这里啊？大学生有人买得起吗？"

黄希瑞一副思考状："去闹市，你这些东西普通老百姓没人看得懂。这里最靠谱，大学生爱钻研名牌，但又买不起一手的，像你这种爱慕虚荣的年轻人多了，他们会买二手的。应该没问题。"

陈二白冷冷地看了黄希瑞一眼："希望如此吧。卖了以后呢？"

黄希瑞双眼放光地说："卖了以后，这就是我们的第一桶金，我们可以进货卖点别的东西。"

陈二白颇为欣赏地点点头。

果然不出一会，黄希瑞巧舌如簧，吸引了一大批围观的年轻人来地摊前挑挑拣拣，加上黄希瑞面容姣好，自然容易博得这些男大学生的好感。只见她大方熟练地到处招呼着。

"哎呀，别犹豫了，你穿这么好看还想来想去干什么？而且卖你这一件我也发不了财，就一件衣服而已……

"随便看随便选，绝对是原装正品，九成新，不讲价，夏装300块一件，秋冬装500块一件，要讲价就去商场专柜里讲去吧……

"喏，别说不照顾你们大学生，三五百块，姐带你们玩个潮流，真心实意亏本大甩卖！"

陈二白在旁边一边帮忙收着钱，一边看着黄希瑞热火朝天地东一嘴巴西一吆喝的样子，忍不住开心地笑起来。

黄希瑞看了看一旁的陈二白，奇怪地问："你一直笑什么？"

陈二白："觉得你很厉害……"

黄希瑞得意地点点头。

不久之后，只剩最后一件，黄希瑞干脆把出门时装衣服的麻袋都送给了人家。两人看着面前空荡荡的地摊，站起来伸了伸懒腰，一脸幸福地笑起来。

黄希瑞充满期待地问陈二白："多少钱一共？"

陈二白凑到黄希瑞耳边小声地说："一万多！"

黄希瑞睁大眼睛，一脸惊喜的样子，用力地抱住了陈二白，开心地跳跃着。陈二白默默地抬起手，摸了摸她的头说了一句："你辛苦了，我们去吃一顿好吃的夜宵！"

黄希瑞用力点点头。

两人在大排档吃着东西，喝着啤酒。黄希瑞朝天打了一个响亮的饱嗝，吓得陈二白全身一颤。

黄希瑞："好久没这么开心过了。"她的脸微红，醉眼看向陈二白。

陈二白也摸着自己通红的脸，傻笑着说："听说那边一个俱乐部每天晚上，有一个人，随便别人怎么打他都不会倒下，人家叫他'不倒翁'，我们去看看热闹怎么样？"

黄希瑞呆滞地点了点头，两人步伐飘忽地朝着康乃馨俱乐部走去。

片刻之后，两人在街口就远远听见俱乐部爆发出一声声的欢呼呐喊，两人提起精神，兴奋地朝俱乐部快步走去，他们一起在门口踮起脚往里面看，看见一个穿着卡通衣服、戴着大头娃头套的人站在人群中，被人泄愤似的打着玩。

旁边的主持人梁经理大声吆喝着："今天，谁能打倒他？有厉害的人没有？！"

周围的人跟着起哄。

陈二白拉着黄希瑞的手，往前挤了挤。两人站在人群中，目不转睛地看着这一切，他们渐渐皱起了眉头，觉得有些不适。

黄希瑞小声地问陈二白："是不是有些残忍啊？"

陈二白点点头："是有点。"

陈一琼穿着卡通服站在正中央，边被打边兴奋地摇晃着，配合上那个喜庆的大头娃头套，很欠打的样子，他身上发出一声声闷响。

主持人梁经理看见人群中的陈二白正目不转睛地看着里面发生的一切，便朝着陈二白大喊："这位小哥，看你一脸好奇的样子，要不要上来试两下？"

大家纷纷转头看向陈二白，陈二白一脸茫然地看着主持人，匆忙摆手摇着头拒绝。

陈一琼也正好看过来，然后呆住了。

主持人继续看向别处朝着另一个人问了一句："那你呢？"

陈一琼在头套下面，默默地看着自己突然出现的儿子，他心里曾常常安慰自己，儿子应该过得很好，不用担心。

但这一切，都只是幻想，因为他现在看见的，是一个比从前消瘦了许多的少年，少年皮肤也变得黑了许多，一脸疲惫的样子，眼睛透出以往没有的忧郁和落寞。

陈一琼是个硬汉，却忽然鼻子一酸，红了眼睛，愣愣地看着陈二白，一动不动。

客人们还在兴奋地对着他拳打脚踢，他只是一下下挨着，在永远微笑的大头娃头套下面，他却已经泪眼婆娑。

陈二白也呆呆地看着这个面朝自己的大头娃，仿佛能看见里面有一双眼睛正注视着自己，他感到有些不自在。正好这个时候黄希瑞轻轻拉了拉他的手，小声地说了一句："走吧，不好看。"

陈二白点点头，拉着黄希瑞的手走了出去。

王胖子也注意到异常，担心地看着陈一琼，走上前去拍了拍他，紧张地问："师兄，你没事吧？"

陈一琼忽然缓缓摘下自己的头套，站在原地，人们看到这个喜庆的大头娃下，是一张泪眼婆娑的脸，全场都安静了，有些奇怪地看着他。王胖子和梁经理也惊呆了。

陈一琼迅速放下大头娃头套，还没来得及脱下卡通服，就身形笨拙地追了出去。走出康乃馨俱乐部门口，他看向漆黑的街道，陈二白早已没有了踪影。他又往街口笨拙而吃力地跑去，跑到街口，冷清的人行道上人烟稀少，他着急地四处张望着，依然没有看见陈二白的踪影。

他气喘吁吁，一脸焦急的样子，打量着四周，忽然看见远处有一个白色上衣的少年，抽着烟，静静地看着他，他们远远地对视着。

陈一琼情绪激动地大喊了一声："小白！"然后追了上去。

那一头的陈二白惊讶地看着迎面跑来的卡通人，卡通人竟然就是自己的父亲，他情绪激动地拉着黄希瑞转身快步走掉。

陈一琼竭尽全力地边跑边脱去身上碍手碍脚的卡通服，嘴里不断地朝陈二白喊着。

陈二白头也不回地拉着黄希瑞一直朝前走，黄希瑞则一直担心地回头看着身后那个追赶他们的卡通人。

黄希瑞奇怪地问陈二白："喂，那个人好像在叫你！"

陈二白："别理他！"

关键时刻陈一琼卡在卡通服里，扯不出来，一副狼狈的样子，他的脚用力一蹬，自己把自己绊倒在了地上，他用力扯开那身卡通服，大喊了一声："小白，爸爸很担心你！还有，你刚刚是不是抽烟了？"

黄希瑞一听，一脸惊讶地扭头看着那个摔倒在地上的中年男人，用力地拉着陈二白的手："那居然是你的爸爸！"说着一副要制止陈二白继续往前走的样子，用力拉着他。

陈二白一激动，甩开了黄希瑞的手，往前快步跑。

陈一琼也爬了起来，追了上去，黄希瑞一个人傻站在原地，一脸莫名。

陈一琼大喊着："小白，有什么不能好好说吗？你躲着爸爸干什么？"

两人都越跑越快，陈二白像疯了一样，看也不看车流就横穿过好几条马路，看得身后的陈一琼冷汗直冒，只能焦急地朝着他大喊："爸爸不追了，爸爸不追了，你别这样跑了！"然后他停在了原地，紧张地看着陈二白。

陈二白停下来，满头大汗地看着陈一琼，两人对视了几秒，陈二白默默走掉，陈一琼一脸无奈地看着两条马路之外的陈二白。

没过多久，黄希瑞也赶了上来，奇怪地看着陈一琼，陈一琼也红着眼睛奇怪地看着她，黄希瑞忽然问："你是他破产的爸爸？"

陈一琼尴尬地点点头，然后反问："你是？"

黄希瑞："我是他同学，现在和他住在一起。"

陈一琼皱起眉头："同学，然后住在一起？"

黄希瑞点点头："嗯，就我们两个人。"

陈一琼更不可思议地看着她："就你们两个人？"

黄希瑞又点点头。

陈一琼一时竟不知道说什么好，消化了一会又问："他妈呢？"

黄希瑞："你老婆不是去世了吗？你不记得啦？！"

陈一琼被呛得咳了一下："我是说他后妈。"

黄希瑞："哦，跟人跑了。"

陈一琼看着面前的黄希瑞，这个陌生的少女见到他不过三十秒，说出的话却已经让他遍体鳞伤，他不禁一脸难堪地看着她。

黄希瑞淡定地拨了拨刘海："叔叔，我们在四中，有机会你可以来找他。"

陈一琼松了一口气说道："好，还在上学就好！四中……"

黄希瑞点点头又说："叔叔，下次来我们家坐坐吧，等你们关系好点以后。"

陈一琼："你们住哪？"

黄希瑞："往这里一直走一直走，然后看见一个红色标牌的小卖部，往右一直走一直走，接着能看见路边有一堆木头，但是说不清楚具体的样子，总之我看见了就能认出来，再左转一直走，经过两条马路，之后……"

陈一琼皱起眉头打断了她："好了……差不多就行了……"

黄希瑞迟疑地点点头说："那我回去和他睡觉了，有空来学校找我们啊！"

陈一琼又皱起眉头来，有点不好意思地问了一句："那个睡觉的话……你们这个年纪，会不会太早了点……"

黄希瑞恍然大悟，直截了当地说道："哦，叔叔别误会了，我们没有睡在一张床呢，哪怕睡在一张床也不会有男欢女爱的事情，因为感觉他什么都不懂！"

陈一琼低下头，默默红了脸："嗯……叔叔明白了……"

黄希瑞点点头，转身走了，走了几步又转头回来说："叔叔再见！"

陈一琼看着她，也点点头说了声再见。然后一副看异类的眼神，看着黄希瑞远去的背影。

过了一会，王胖子追了上来，紧张地问："师兄，什么情况？"

陈一琼一脸忧愁地看着远处说："是小白。"

王胖子一副惊喜的样子："真是小白？"

陈一琼点点头："可是他完全不认我啊……"

王胖子："他跑了？"

陈一琼："没事，他在四中。"

王胖子拍了拍自己的胸口，长舒一口气："知道他在哪就好，以后的事慢慢来。"

陈一琼点点头，没有说话。

城市里的体育场，百馆大战正式开幕，这个城市的居民热衷于各种大型和热闹的事件，体育场周围自然人山人海。每个人都忍不住给自己与这件事找点联系。除了各地拳馆的人，各路小商小贩也都云集而来。

振兴拳馆里，陈一琼、王胖子、阿娟师兄弟三人正在擦地板，阿娟突然抬头看着两位师兄说："两位师兄，我听说体育场今天有百馆大战，我们不去吗？"

陈一琼继续擦着地板，满脑子想的都是自己的儿子陈二白。

王胖子看着阿娟说："你看看我们，谁能去参加？"

阿娟："我是说那里招临时工，日薪，我们不去吗？"

王胖子尴尬地点点头："那可以啊！"说完看了看陈一琼。

陈一琼继续低头默不作声地擦地板。

王胖子："走吧师兄，我们去看看热闹，顺便做个临时工，就当作陪你散心了。"

陈一琼忍不住笑了起来，点点头。

三人走进体育场的后勤通道，到了主管办公室，排在前面的人都安排好工作了，轮到他们三人，主管打量着他们说："只剩下清洁工和保安了。"

三人点点头。

主管指了指阿娟说："你去后边领一套保安服。"

阿娟不可置信的样子问道："我吗？"

主管："对，就是你！"

阿娟兴奋地点着头，朝后面走去。

主管看了看陈一琼和王胖子两人冷冷地说："你们也去后边，一人领一把扫把。"

两人愣在原地，王胖子问："他这样的做保安，我们扫地？"

主管点点头。

两人点点头，去后面领了扫把。

阿娟穿着一身保安衣服，松松垮垮的，他却一脸感慨的样子，不断地在镜子前欣赏着自己，掩饰不住的喜悦之情溢于言表。

陈一琼王胖子两人到场内的时候，已经错过了开幕式和主持人的开场白，他们在场馆过道里支着扫把，看着大赛，下面座无虚席，人声鼎沸。前面几排则全是各个拳馆的代表。

场馆中央有一个拳台。主持人面前的桌上摆放着两个箱子，一个蓝色，一个红色，他热情洋溢地说："现在我会把写着各个拳馆名字的一百张纸片分别倒进两个箱子里,每个箱子各五十张。"

说完，他按照自己所说的，将一百张纸片放了五十张进红箱，又放了五十张进蓝箱。

主持人操作完毕，然后拿起话筒："现在我从红箱中拿一张纸片出来，再从蓝箱中拿一张出来，被叫到名字的两个拳馆，就可以准备第一场对决了！第一轮淘汰赛，持续两天，每天25场对决！"

全场观众开始兴奋地欢呼。

陈一琼和王胖子也忍不住兴奋了起来，兴致勃勃地望着下面拳台。

主持人从红箱中拿了一张纸片："小林拳馆。"

下方前排一个精壮的络腮胡汉子站起来大喊了一声："这里！"

大家鼓掌。

主持人又从蓝箱中掏出了一张纸片："天马拳馆。"

另一边的前排站起来一个身形清瘦的年轻人，他也大喊了一声："这！"

大家又鼓掌。

不一会，两家拳馆的代表走上台，戴上拳套，准备擂台对决。

主持人重申了一下规则："这次交流赛，因为各路拳社的技法特点、武术流派各不相同，大家一致决定摒弃常规的拳击规则，简简单单，谁先让对手倒地不起或认输，谁就赢！"

观众都呐喊着："好！"

虽然说是摒弃常规规则，但是插眼、踢裆等会致残致死的阴毒手段，大家都默认不许使用。

王胖子撞了撞陈一琼的手臂："师兄，这规则，早知道就给你报名了。"

陈一琼："别逗了，人家都是常年练家子，我这种上去就是丢人现眼。"

第一场对决开始，拳台中两人摆着架势，小心翼翼地试探着对手，接着就突然地厮打了起来。

激烈的打斗引得台下观众阵阵欢呼和尖叫，不一会两人就决出了胜负，主持人大喊着："恭喜小林拳馆！"

王胖子："没想到，还挺激烈的，大家都是认真在打啊！"

陈一琼点点头。

体育场外，转播的大屏幕下面站了很多人，都在围观着比赛。

而陈二白和黄希瑞推着一辆烤肠车在人群中叫卖着烤肠。黄希瑞边低头串着烤肠边得意地问陈二白："怎么样？我是不是商业奇才？"

陈二白看着兴隆的生意和络绎不绝的人流，开心地点点头："早知道多租一辆这个车子了。"

黄希瑞："明天还有呢，明天租两辆，你去那边，我在这边。"

陈二白点点头。

两人时不时地抬头看着转播的大屏幕，此时正好有一个人被人高高举起，狠狠地摔在了拳台上，周围的人都大声喝着彩。

体育场内，现场观众也正在大声为胜利者欢呼喝彩，被摔在拳台上的对手被人迅速地抬了出去。

只有陈一琼和王胖子二人没有跟着欢呼，因为拳台中央高举着双手的，正是雷朋，他正得意扬扬地接受着来自四周的喝彩。

主持人宣布："恭喜奔雷拳馆！"又响起一阵喝彩声。

奔雷拳馆的人在前排站了起来，人多势众，气势恢宏。

又开始了下一轮抽签。主持人从红色箱子里摸出一张纸片，念出了名字："这次是，山海拳馆。"

前排一个身型健美的年轻人从椅子上站了起来，接着矫健地一跃，直接上了擂台，现场观众又忍不住为他喝彩。

主持人从蓝色箱子里摸出来一张纸片，大喊了一声："振兴拳馆！"

陈一琼和王胖子震惊地面面相觑，在最下面负责保安的阿娟也惊讶地转过头来，呆呆地看向拿着扫把的两位师兄，两位师兄对他摇了摇头。

大家都安静了下来，因为没有人代表振兴拳馆站起来。

主持人观望了几秒："如果没有人出战，那就是弃权了，山海直接进入下一轮了。"

全场观众也在四处打望，找寻着代表振兴拳馆的人。

陈一琼小声地问王胖子："你报名了？"

王胖子摇摇头说："没有啊！"

主持人又举起了话筒："看来振兴拳馆没有人出战，那么就宣布……"

体育馆观众席入口处忽然响起了一声如洪钟般浑厚的声音："慢着！"

陈一琼、王胖子还有阿娟都皱起眉头，张着嘴，看向那条传来声音的通道。

现场观众也都纷纷看向那条漆黑的观众通道，只见通道里走出一位步伐稳健，穿着白色唐装，头发胡子都已经灰白的消瘦老头，他神采奕奕，握着一根竹竿，竹竿上有一面红旗，老人又大喝了一声："振兴拳馆在这里！"说着，将手里的竹竿用力一挥，红旗飘扬，上面写着四个白色大字"振兴拳馆"。

王胖子和陈一琼惊慌地对视着。

王胖子："师父怎么这么帅……"

陈一琼点点头："是啊……"

前面的阿娟跳了起来，大喊了一声："好！"

紧接着观众们也大声欢呼了起来。

主持人也开心地看向王精尚，见他形单影只的样子，好奇地问："那么，这位老师傅，请问你们拳馆哪位应战？"

124

师父把旗子插在一旁的某观众两腿间的缝隙里，吓了那人一跳。师父礼貌地对他说："麻烦帮我夹紧点。"

那人迟疑地点点头，用力夹紧了竹竿，红旗盖在他头上。

师父朝着主持人大喊了一声："我应战。"语气坚决。

陈一琼和王胖子都一脸担心。

体育场外，黄希瑞、陈二白，还有一干群众都在认真地盯着大屏幕。

黄希瑞："这个老头不要命了啊！"

陈二白皱着眉头，看着屏幕里的师父："师祖？"

黄希瑞奇怪地看了看陈二白。

体育馆内，主持人有些尴尬地说："老师傅，你这个年纪……"

师父一脸不屑的样子，双手背在身后，突然健步如飞地朝台上快步跑去，单腿一蹬踏在拳台的边缘，整个人跃过缆绳，然后双腿弯曲，稳稳地落在拳台上。

现场观众用力地拍着手，大声喊着："好！"

陈一琼和王胖子也开心地鼓着掌。

师父一脸得意，缓缓地想站直身体，直起腰来，但忽然僵住了，皱起眉头，单手扶着自己的腰，在原地一动不动。

王胖子紧张地说："惨了，师父的腰又闪了。"

陈一琼心疼地看着师父。

台上的对手，也皱着眉头，看着老师父咬着牙，一脸痛苦的样子。

主持人大声喊着："振兴拳馆还是弃权吧，这是要出人命的……你不会是来碰瓷的吧……"

对手也好言劝阻："老师傅，您这样的岁数，我根本就不敢动手，还是回去吧。"

师父艰难地直起腰来，眉头紧锁，看了看周围，语气僵硬地说："我就是振兴拳馆，振兴拳馆就是我！"说完，缓缓地摆开架势，认真地看着对手，他的右脚被坐骨神经连带着生疼，一直轻微地颤抖，整个人看起来摇摇晃晃的样子。

大家都安静地看着拳台。

王胖子看了看陈一琼，叹了一口气，准备往下冲去，突然被一只手拦住，一看是陈一琼，陈一琼拍了拍胖子的肩膀，往下走去。

主持人一脸无奈，准备喊"开始"。

突然一个人朝下面跑来，对主持人做了一个制止的手势，陈一琼冲到拳台边看着师父，师父也惊讶地看着他："你怎么也在这里？"

陈一琼扔掉手里的扫把，对师父认真地说："师父，下来吧，你这个辈分了怎么能让你去打擂台呢？！"

师父："你也来劝我！"

陈一琼坚定地说："让我去。"

师父看了看陈一琼，又看了看主持人。主持人看了看陈一琼问道："你是振兴拳馆的吗？"

陈一琼点点头。

主持人也点点头。

下面开始议论纷纷："这个拳馆的选手不是刚刚还在上面扫地吗？"

"是啊……真是一个奇葩拳馆……"

雷朋远远看着他们，一脸不耐烦地自言自语道："磨磨蹭蹭，浪费时间……"

台上的对手看到来了个稍微年轻点的对手，表情放松了许多，脱掉上衣，露出一身腱子肉，活动着筋骨。

陈一琼换上拳套，缓慢地爬上拳台。

师父则坐在拳台下面的一张椅子上，手里拿着拳馆的旗子，一脸平静地看着台上。不知道什么时候，阿娟和王胖子分别站到了师父两侧。

黄希瑞看着大屏幕，扯了扯陈二白的手："喂，那不是你爸爸吗？"

陈二白抬头盯着大屏幕，嘴唇微微动了一下，欲言又止。

陈一琼也默默脱掉了上衣，露出一身赘肉来，引得台下一阵哄笑，他又尴尬地默默重新穿上了衣服，有些拘谨地活动着四肢。

擂台对决开始，对手灵活地变换着步伐在陈一琼面前晃动着，然后试探着出了两拳，陈一琼每挡一次，就后退了一两步。

对手开始信心大增，有节奏地出着拳脚，把陈一琼逼到了角落，陈一琼也努力回击了几次，但因为速度太慢，全都落空了。

对手趁他注意力都集中在上半身的时候，忽然一个低腿一钩，将陈一琼放倒在地上，然后迅速扑上去，一个标准的十字固定锁控制住了陈一琼的一只手臂。于是大家都在等着陈一琼投降认输。

陈一琼用单手使劲顽抗，脸憋得通红。对手加大了力量，使陈一琼整条手臂都扭曲了起来，陈一琼一下子眼泪都出来了，台下的王胖子和阿娟咬着嘴唇，仿佛和师兄一样疼。

只有师父淡定地看着台上的陈一琼，观察到他被锁住的右手正紧紧握拳，手腕保持朝上弯曲，左手则用力地推着对手压在他胸膛上的大腿。师父忽然欣慰地笑了笑，语气淡定地对旁边两人说："放心吧，对手的地面技还没做成型，你师兄还没被锁死，拼意志力你师兄是不会输的。"

王胖子和阿娟似懂非懂地看了看拳台，依然一脸担心。

场外的陈二白和黄希瑞两人默默地擦着额头，黄希瑞看了看陈二白，发现他已经不由自主地换上了一副担心的表情。

观众大声喊着"加油"。

陈一琼呼吸沉重，在地上用尽全身各处力气拖着对手往角落移动，两人在较劲中，一点点朝着角落转移，好不容易移到角落，陈一琼的两脚缠住擂台一角的柱子，开始借着这个稳健的支点用力地把自己的手抽出来。

台下前排各个拳馆的人认真地看着这场对决，有些人忍不住感叹"这都行"。

对手也一脸沉重的表情，咬着牙关，用力掰着陈一琼的手腕和紧握的拳头。

陈一琼忽然沉闷地低吼起来，右手渐渐松动，忽然对手一口气没憋住，撒开了手，陈一琼迅速挣脱爬了起来，大口喘着粗气，甩着自己的手臂，恢复着体力。

对手神情疲惫，不可思议地看着陈一琼，不等体力恢复，就气急败坏地冲上去，章法凌乱地一顿乱拳，防守着的陈一琼等他势头降低时抱住了他，用力朝着旁边的缆绳一甩，对手撞在缆绳上弹了回来，陈一琼朝着他脸颊一记左勾拳，对手瞬间倒地，一气呵成，局势反转得太快，观众都没来得及反应。

旁边的裁判在读秒，王胖子、阿娟和场外的陈二白、黄希瑞等人都在紧张地等待着最后的结果。

主持人突然宣布："恭喜振兴拳馆！"

王胖子和阿娟开心得跳了起来，拥抱在一起，师父满意地点着头。

陈二白脸上闪过一丝喜悦，又瞬间恢复了平静，黄希瑞在旁边欢呼雀跃，开心地摇晃着陈二白，冲他大喊："你爸爸赢了！"

陈二白则全然不理会，低头摆弄着烤肠，淡漠地说了一句："不关我事。"

陈一琼看向台下的师父他们，疲惫地笑了笑，默默地走下了拳台。

雷朋则看着他的背影，若有所思的样子。

陈二白和黄希瑞推着车往家里走去，陈二白步伐轻盈。

黄希瑞打趣地问："白哥，你好像挺开心的样子。"

陈二白疑惑地问："有吗？"

黄希瑞："有啊！"

陈二白："饿了，赶紧回家吃饭吧。"

黄希瑞点点头。

第五章

老斗士

COME
GHTER

天空刚刚泛起鱼肚白时，陈一琼脖子上缠着毛巾，跑过这座城市的大街小巷，王胖子在身后骑车跟随。

　　两人一前一后，经过早起的商贩身边，那些普通百姓，拿起报纸都优先看"百馆大战"的消息，以至于今天不能再通过他们选择的内容分辨出他们的行业；有些人则热火朝天地讨论着那些拳手和拳馆。在这个与数不尽的沉闷日子没有什么不同的日子里，生活在这座城市里的同城人，终于第一次找到了共同话题。

　　陈一琼一路小跑，汗如雨下，他跑向江边，时不时看着平静的江水。这平静的江水让他觉得如同时间一般，静静流淌，每一滴水无论愿意与否，都将奔流向前，终而入海。奔流的江水带走一些泥沙，带不走的，便积淀成河床，成为其他水滴的河道。

　　他渐渐停了下来，轻轻擦着汗。王胖子骑着车都感觉疲累，两人一起安静地站在江边，朝阳初升，映得天边热烈鲜红。

　　王胖子看着陈一琼，忽然对他说："师兄，你那天怎么就决定挺身而出了？"

　　陈一琼用毛巾擦了擦脸说："师父那个倔脾气，我不挺身而出，他还不死在台上啊！"

　　王胖子笑了起来，点点头。

　　陈一琼："况且，这座城市就这么大，小白一定能看到，我不想他这么小，看见的全都是让他眼神失去光彩的东西。我是打给他看的，打到哪算哪。"说完他面色复杂地看着天边的朝阳。

王胖子："我们待会去看看他吧，正好是他上学的时间。"

陈一琼迟疑了一会，点点头。

两人缓缓骑行到四中门口，看着学生们往里面走去，两人在马路对面吃着包子远远看着。

王胖子忽然碰了碰陈一琼的手臂，指着对面说："你看，是不是那个？"

陈一琼顺着王胖子指引的方向看去，看见陈一琼和黄希瑞走在一起，有说有笑的样子，脸上洋溢着快乐。

王胖子："别担心了，你看他挺快乐的。"

陈一琼也笑着点点头："他们是不是在恋爱啊？"

王胖子："你问我有什么用？我又没恋爱过。"

陈一琼："你为什么不恋爱呢？"

王胖子一脸尴尬的样子，不再言语。

陈一琼奇怪地看着他，又看了看对面的陈二白，忽然皱起眉头。

陈二白在校门口不远处，被老狗等人拦下来，老狗和四五个人打量着他和黄希瑞，老狗开口道："听说你爸是个拳击手？"

陈二白摇摇头。

老狗："振兴拳馆那个不是你爸爸吗？"

陈二白："不是。"

黄希瑞奇怪地看着陈二白，接着又看了看老狗等人："喂，是不是关你屁事？别挡着我们上学，吊儿郎当的样子以为自己很帅吗？"

老狗冷冷地看向黄希瑞："干吗，现在他要靠女孩子保护？"

陈二白有些不好意思又有些生气："你也就仗着人多，每天装什么装……"

老狗忽然用力将陈二白一推，陈二白撞在了后面的墙上，黄希瑞花容失色，想张嘴理论，老狗突然看着黄希瑞打断了她："你这样只会让一个男生觉得更丢人，你就不能走远点吗？"

黄希瑞紧张地看了看陈二白，他一脸尴尬的样子，眼里却藏着愤怒。

老狗盯着陈二白说："就我一个人，你又敢怎么样呢？"

陈二白突然生气地说："你少一开口一个问句的，你算什么东西？"说完冲上去抓着老狗的衣领，两人瞬间扭打起来。

陈二白很快就处于下风，被老狗压在下面乱拳暴打。

陈一琼和王胖子气冲冲地跑向马路对面，大喊了一声："住手！"接着，陈一琼上去粗暴地提着老狗的衣服，一把将他甩向旁边，老狗摔坐在地面上，震惊地看着陈一琼，默念了一句："拳击手。"老狗的跟班们则围了上来，嚣张地看着陈一琼和王胖子。

陈一琼担心地看着地上的陈二白，围观的学生越来越多。

陈二白擦着嘴角拍打着身上的灰尘，尴尬地看了一眼自己父亲，默默站起身来，准备走掉，陈一琼突然拉着他的手，眼神哀求地看着他叫了一句："小白。"

陈二白挣开陈一琼的手，眼里满是怨恨地看着陈一琼，然后默默走掉。

陈一琼追了上去，又拉着陈二白的手："父子间，到底有什么事不能冰释前嫌？是因为我没钱了，你就不认我这个爸爸吗？"

陈二白停了下来，转过身时，已经双眼通红："没有办法冰释前嫌，十多年前是你去赌博把家里积蓄输光了，我们家那时才没有钱交罚款。"说到这里，陈二白哽咽了一下，接着语气僵硬地说道，"所以，妈妈才会被迫去引产，才会发生事故去世。"说完，陈二白擦了擦眼睛，气冲冲地走掉。

一旁的黄希瑞一脸震惊地看着陈一琼。

陈一琼羞愧地低下头，站在原地双手紧紧抓着自己衣角，接着失魂落魄地看着陈二白的背影。

王胖子追上去，侧身抱了抱陈一琼安慰道："没事，都是陈年旧事了，早就过去了……"刚刚说完，陈一琼就蹲在地上捂着脸痛哭了起来，伤心欲绝地说："可是他说得没错……"

王胖子难过地叹气。

雷朋在自己拳馆里，举着哑铃，忽然旁边走来一个熟人笑着说："朋哥，你这身材保持得，真看不出来是个40多岁的人了。"

雷朋也笑了笑："不练不行啊，这次百馆大战我们要拿冠军。"

熟人："那还不是手到擒来的事情，你朋哥哪里有对手？"

雷朋笑容渐渐消失，放下哑铃，陷入沉思状，他回想许多年前……

雷朋倒在拳台上，四面八方的人都统一整齐地大声呐喊着一个外号——"泰山"，他看向高举双手庆祝的对手，眼里满是不忿和怨恨。

在那个时代"泰山"便是他们这些拳手绕不过的一座大山，无法望其项背，"泰山"之所以叫"泰山"，是因为他永远打不倒，他正是年轻时的陈一琼。

那年雷朋，跟在左拥右簇的陈一琼身后，无人问津，他那时还不叫雷朋，他的名字只有在与陈一琼同台竞技时才会被人叫起，那名字也仅仅代表了无数失败者中的一个。

年轻时的陈一琼转过头来看了看雷朋："小田，拳台上的事也别太放在心上，咱们下次再切磋。"

那时还被叫作"小田"的雷朋笑着点点头："对了，泰山哥，后天我生日，一起来我这里喝酒吧。"

陈一琼爽快地点点头。

等人们渐渐走远，年轻时的雷朋看了看自己身边的经理问：

"真的要这么做吗？听说他老婆正怀着身孕呢！"

经理："怀的不是你的，你这么关心干什么？还想不想出头？他老了你也老了，你等得了吗？"

雷朋一脸迟疑地点点头。

在雷朋的生日聚会上，大家喝得一塌糊涂，雷朋和经理将陈一琼扶进一个房间，里面坐着几个尖嘴猴腮的人，雷朋殷勤地对陈一琼说："泰山哥，一起玩几局开心开心！"

陈一琼醉醺醺地点着头。

雷朋和房间里几个人互相交换了一下眼神，那一夜陈一琼在意识模糊的情况下，几乎输得倾家荡产，写下欠条。

几天过后，经理和雷朋坐在更衣室里，雷朋神情有些复杂地问经理："这次是不是有点过了？听说他连二胎的罚款都交不了，老婆要去引产。"

经理："过什么？你又想出头，又要妇人之仁，你以为你是神仙？这样正好，他还有心情继续打下去吗？"

雷朋一把抓住经理的领子，愤怒地说："但我觉得真的过了。"

经理："现在别来装好人了，你忘了你是元凶之一吗？"

雷朋狠狠地在经理身后的柜子上砸了一拳，吓得经理瑟瑟发抖，颤抖着对雷朋说："小田，无论他遭遇什么，只能说人各有命，不关我们的事啊……"

一个星期后，陈一琼坐在老婆的灵堂前，生无可恋的样子，看着怀里熟睡的年幼儿子陈二白，沉默不语。

此后，拳坛再没有了泰山的消息，取而代之的，是战无不胜的小田。

雷朋想到这里，脸上依然平静，默默地站起来，朝着拳馆里所有人大喊："这次百馆大战，我一定要为我们拳馆拿冠军！"

拳馆里所有人都欢呼鼓掌起来。

黄希瑞看着情绪低落的陈二白说："怪不得，你对你爸爸是这样的态度。"

陈二白看了看黄希瑞，没有说什么。

黄希瑞："要换作是我，我也绝不会原谅他的。"

陈二白点点头。

黄希瑞："但是如果是现在的我，就说不好了。"

陈二白奇怪地看着黄希瑞问："为什么？"

黄希瑞眼里闪过一丝落寞，沉默了几秒，缓缓地说："因为亲人之间，我觉得除了生死，其他都不算大事。"

陈二白静静地看着黄希瑞的眼睛，神情复杂。黄希瑞突然抬手摸了摸他的脸。

陈二白也轻轻地碰了碰黄希瑞的脸，小声地问："我们现在，算是最好的朋友吗……"

黄希瑞神色有些不自然地回道："不然呢……那你觉得我们还可以是什么……"问完，隐隐有些期待地看着陈二白。

陈二白表情也变得不自然起来，犹豫了一会说："这样就已经很好了。"

黄希瑞点点头，笑了笑。接着安静看向窗外，眼里有些失落，嘴里小声地念叨了一句："很好你个头……废物……"

两人体育课在操场上看着别人打篮球，黄希瑞看了看身边的陈二白："你怎么不去？"

陈二白："弄得脏兮兮的。"

黄希瑞上下打量了一下陈二白，发现他跟其他男同学比起来，确实比较干净整洁，然后又问："对了，以前做富二代的时候会不会有很多女孩子追你啊？"

陈二白："没有吧，但挺多女孩子跟我一起玩是真的，却没有感觉谁会特别喜欢富二代的样子。"

黄希瑞扬了扬眉毛说："那是因为你麻木。比如我啊，我特别喜欢富二代，有钱的都喜欢。"

陈二白听了心里有些失落，不高兴地问她："富二代有什么好的？"

黄希瑞："你不是最清楚吗？"

陈二白："那我……以前也没觉得自己有什么好啊！我甚至觉得没有人会喜欢我……"

黄希瑞："是吗？"

陈二白脸微微有些红，小声说了一句："是啊，所以遇到喜欢的人，也不敢说出来。"

黄希瑞面带愠怒："谁？"

陈二白看着黄希瑞的眼睛，结结巴巴地说："等我有钱了再告诉你……"

黄希瑞奇怪地看着陈二白，陈二白尴尬地望向别处。

傍晚时分，陈一琼在拳馆面前的马路边，两只手掌迅速推着一个卡车轮胎前进，师父、王胖子还有阿娟三人坐在拳馆门口看着他。

阿娟呆呆地问："大师兄这几天，怎么突然变得努力了？"

王胖子："他一直是个斗士，只是没被激发出斗志而已。"

阿娟："怎么才能激发？我也想这么勇敢。"

王胖子嫌弃地看了看他："阿娟，你这个样子，还一直梦想做保安，其实就已经很勇敢了。"

阿娟自信地点点头。

过了一会，王胖子又感慨："父爱的力量，真是伟大。"

师父突然抬头看了看王胖子，王胖子也看向师父，有些不知所措的样子，心想自己是不是又说错话了。

师父突然问王胖子："你想你的父母吗？"

王胖子摇摇头："没见过怎么想？从小开始我的记忆里，只有师父。"

师父愣了愣，点点头，不再言语。

不一会，远处的陈一琼，因为运动量过大，蹲在路边干呕起来。

夜间，拳馆。

师父背着手，站在陈一琼面前，陈一琼满头大汗。

师父："你的抗击打能力大概是你与生俱来的过人之处，但是你的年龄和身体素质其实早已经不复当年了。所以要走下去，光能挨打是不够的。你面对的对手，不可能每次都是三脚猫，碰到真正的强者，你只会挨打的话，总有压死你的最后一根稻草。"

陈一琼点点头。随后在师父的指导下，开始对着沙袋练习，从最基础的出拳开始。

凌晨，陈一琼和王胖子又早早地出门跑步。天气渐凉，两人忍不住打了个哆嗦。

陈一琼边跑边对身边的王胖子说："胖子，中午陪我去一趟小白的学校吧。"

王胖子：“学校人多，我觉得还不如想办法带他出去吃顿饭什么的，免得到时候你们闹起来，他会被同学嘲笑的。”

陈一琼：“不是，我想见见小白的老师，打听一下他的情况。”

王胖子点点头。

中午两人来到四中，陈一琼在门卫处跟门卫打招呼：“我是学生家长，我想进去见见我孩子的班主任，了解一下平常他的情况。”

门卫点点头：“你小孩几年级几班？”

陈一琼突然蒙了，支支吾吾地说：“我只知道是高三，几班的话……我忘记了……”

门卫无奈地笑了笑：“开什么玩笑，你不知道自己小孩是几班的？”

陈一琼一脸不好意思地看着门卫。

门卫又试探地问：“那你告诉我，你小孩叫什么？”

陈一琼：“现在应该是叫陈二白。”

门卫：“应该？”

陈一琼继续不好意思地看着门卫。

门卫一脸鄙夷地看了看陈一琼：“我问问有没有这个学生先……”说着低头打起了电话，嘴里嘀咕着，“现在的家长都不是亲生家长吗……”

过了几秒门卫对着电话："刘主任，你们年级有没有一个叫陈二白的学生？他的家长要见见他班主任。"

门卫："哦，好，好，明白了，麻烦刘主任了。"

门卫挂了电话，又写了张纸条，上面是一个电话号码，递给陈一琼，没好气地说："记好了，你小孩是3班的，这是他班主任电话，你们自己联系吧，她在上课，你现在进去也见不到她。"

陈一琼感谢了门卫，拿着纸条和王胖子走了。

陈一琼和王胖子等到中午放学，才拨打了班主任电话，他们约在学校旁边的一个咖啡厅见面。

陈一琼坐在咖啡厅靠窗的位子，一直搓着手，忐忑的样子。

王胖子看了看他："师兄，你在紧张什么？"

陈一琼："这其实是我这么多年来，第一次见小白的老师。"

王胖子："早些年你都干吗去了？"

陈一琼奇怪地看着王胖子："挣钱给他好的生活啊！"

王胖子也奇怪地看着他："那钱呢？"

陈一琼愣了一下说道："没了。"

王胖子："竹篮打水一场空啊，师兄。"

陈一琼皱起眉头，面色难堪地看着王胖子："你知道你为什么谈不了恋爱吗？你这人说话就是……"

突然两人同时感觉有个人朝着他们走来，他们抬头一看，是个斯斯文文的中年妇女，戴着一副眼镜，陈一琼和王胖子同时看向她。

中年妇女对着他们招招手，远远地问了一句："你们其中一位是陈二白家长吧？"

陈一琼用力点头，和王胖子同时站了起来。

陈一琼："你一定是唐老师了。"

唐老师笑着点头。

忽然唐老师滑了一下，王胖子下意识地挺身而出，拉住了她的手，将她拉到身边，手扶住了她的腰，帮助她站稳。

两人无声地对视着，都微微有些脸红。

唐老师看着王胖子："我……好久没见过身手这么矫健的胖子了。"

王胖子有些害羞地松开手，挠着头："练……练过武术。"

唐老师矜持地点点头："谢谢！"

王胖子也客气地笑着："不客气。"

两人坐了下来，还时不时地对视下。

陈一琼看着他们两人，小声地开口："打扰了，唐老师……"

唐老师抬起头来笑着说："没有没有。"

陈一琼："我主要就是想了解一下陈二白在学校还好吗？"

唐老师突然面色凝重起来："说实话，不太好。感觉他比较孤僻，好像还和学校里的一些学生有矛盾。每次想跟他谈谈心，他也总是一副抗拒的样子，不是一个愿意敞开心扉的孩子。"

陈一琼一脸担忧的样子。

唐老师接着说："而且，他还抽烟。有时候还是光明正大地在学校抽烟，被抓到过几次了，让他给家长打电话，他就沉默。"

陈一琼和王胖子面面相觑。

王胖子："看来他过得不是很开心啊！"

唐老师点点头："是啊！我觉得作为家长，真的要多给他一点关心，唯一令人比较欣慰的就是他跟同桌关系还不错，他们两个好像经常待在一起，那个女生品学兼优，是我们的班长。"

陈一琼若有所思地点点头，想起了那天晚上那个女孩。

王胖子："你说他们是不是在谈恋爱？"

唐老师皱起眉头："这个我真的看不出来，因为，我还单身……"

王胖子不好意思地摸着自己的脸小声地说："是吗？怪不得我也看不出来……我也单身……"

唐老师眼睛一亮看着王胖子："是吗？"

王胖子："是啊，我从来没谈过恋爱呢！"

唐老师害羞地低下头，还有点抱歉地说："其实我也是……"

王胖子有些遇到知音的样子，带着些许欣喜，看着唐老师笑了笑，又害羞地摸着自己的脸。

陈一琼奇怪地看了他们两人一会，突然斩钉截铁地说了一句：

"他正是长身体的时候，怎么能抽烟呢？"

唐老师缓过神来："是呀，所以这方面，还需要家长和我们共同努力，帮他戒掉这些不好的习惯。"

陈一琼点点头。

王胖子小声地问唐老师："你是教语文的吧？"

唐老师害羞地笑了笑："你怎么看出来的……"

王胖子笑着说："就是那种气质，腹有诗书气自华。"

陈一琼又奇怪地看着他们两个人，皱着眉头，一脸莫名其妙的样子，过了一会尴尬地说："要不我……先去买杯咖啡，你们先聊聊？"

王胖子："好啊好啊！"

唐老师也客气地点点头。

陈一琼默默站起来，走到咖啡厅门口，回头看了看全然不理会他的王胖子和唐老师，一脸不知道还能说什么的样子，索性默默走了出去。

此时陈一琼正好看见陈二白抽着烟从远处走了过来，他脸上微微有些生气，盯着陈二白。

陈二白吐了口烟，抬起头，也正好看见了自己的父亲陈一琼。

两人冷漠地对视着。

陈一琼走上前去，一把抓过陈二白手里的烟，扔在了地上。陈二白生气地看着陈一琼，陈一琼用质问的语气问陈二白："谁教你抽的烟？"

陈二白："关你什么事？"

陈一琼："你现在正是长身体的时候，你学什么不好，要学抽烟？"

陈二白："不是说了，到底关你什么事？！"

陈一琼："我是你爸爸！"

陈二白冷笑起来："我一直觉得爸爸的唯一功能就是给我钱，其余的你管过我什么？你现在还有钱给我吗？没有就走开！"说完冷漠地走掉了。

陈一琼一脸无奈夹杂着生气，看着陈二白的背影。

黄希瑞也远远走了过来，和陈一琼对视着，黄希瑞对着陈一琼摆摆手："叔叔好呀，来找小白啊？"

陈一琼和蔼地笑着点点头："听老师说小白在学校就你一个朋友，真是辛苦你照顾他了。他应该挺难相处的。"

黄希瑞摇摇头："他跟我相处得还好，我觉得他可能暗恋我。"

陈一琼突然咳嗽了一下,有些尴尬,看着黄希瑞:"有可能……对了，你们为什么会住在一起呢？"

黄希瑞叹了口气："这个就说来话长了叔叔。但是他在我人生最失落的时候，抱了抱我，还给我安慰，让我跟他一起生活。我们两个都是沧桑且孤单的人，你知道的。"

陈一琼看着黄希瑞，突然又不知道怎么接她的话，又问了一句："你家里人难道不管你吗？"

黄希瑞认真地问他："你懂什么叫沧桑且孤单吗？有家人还会这样吗？"

陈一琼有些讶异地看着黄希瑞，然后说："懂……懂一点吧，可能没你懂得这么全面……"

黄希瑞忽然若有所思的样子，对陈一琼说道："对哦，我忘了叔叔是个发妻走了，女人跑了，儿子不认，事业破产的人了，应该也挺沧桑和孤单的。叔叔，你有时间来我们家吃饭吧。"

陈一琼已经无言以对，唯有神色黯然地点了点头。

黄希瑞也点点头。

陈一琼突然又问："那你们靠什么生活呢？"

黄希瑞："我们平时打零工和摆地摊。"

陈一琼再一次感到讶异，他赶紧低头掏着口袋，把所有钱都拿了出来，大概有好几百块钱，递给了黄希瑞："这个你一定要收着……"

黄希瑞点点头，干脆地接过了钱，陈一琼又拿出一张卡片，是振兴拳馆的卡片，说："上面那个短号是叔叔住的地方的电话，长号是叔叔的手机，你们有什么困难一定要来找我，我以后还会给你们钱，你也不要太辛苦了，一个小女孩……"

黄希瑞接过卡片说："没事。他也帮忙和出力的，只是没什么社会经验和商业头脑。"

陈一琼看着她总是一副认真淡定的样子，突然忍不住笑了起来，看着黄希瑞，脸上微微闪过一丝感动，又点了点头："他运气真好。"

黄希瑞耸了耸肩膀："其实可能是因为他也很善良，在我运气不好的时候，他也给了我好运气，只是你对他不够了解。"

陈一琼小声地"嗯"了一声。

陈一琼和王胖子回去的路上，陈一琼一副心事重重的样子。王胖子则一副心花怒放的样子。

此后几天，两人除了早晨继续跑步之外还多了一件事，他们会一起默默地在陈二白上学的时间，经过他的学校门口，每次都正好卡着陈二白出现的时间点，两人一前一后地经过，然后默默拉出一条小横幅，吸引了所有学生的目光，上面只写了四个鲜红的大字："不要吸烟"。

陈二白第一次看到时，吓得全身一颤。往后几日唯有避无可避地远远看着，唯独黄希瑞在一旁隔着马路开心地跟他们挥手致意。

几天之后的夜晚，"百馆大战"的第二轮晋级赛开始，体育馆又人满为患，进不了场的人们则在外面的大屏幕下围观。

黄希瑞站在烤肠车前售卖着烤肠，生意兴隆。她是个做什么就像什么的人：当她在蛋糕店打工的时候，会让人以为她生下来就在卖蛋糕了；当她摆地摊卖衣服的时候，会让人以为她生下来就在摆地摊卖衣服；当她在卖烤肠的时候，会让人以为她生下来就在卖烤肠。

黄希瑞对着一个在旁边围观的人吆喝起来："老子生下来就在卖烤肠了，绝对好吃，你买一个尝尝就知道了！"

那人无法拒绝，掏出了钱。

反观另一边另一辆烤肠车前的陈二白，他看着面前的烤肠，显得有些拘谨和不知所措，左边卖玉米的和右边卖烤地瓜的，他们的顾客都络绎不绝，唯独他这里无人问津，他有些尴尬地看向同样顾客络绎不绝的黄希瑞那头，黄希瑞远远看着他，挥了挥手中的烤肠，对他傻笑。

陈二白声音僵硬地叫卖了一句："喂，好吃的烤肠，你们来试一试！"

周围的几个顾客都看向他，陈二白僵硬地对他们笑着，几个顾客忍不住往旁边躲了躲，于是他的烤肠车周围更加空荡了。

陈二白默默叹了口气，直到黄希瑞卖完了自己那一车，去到陈二白身边，开始卖他那一车，情况才有所好转，不一会就把两旁的客人吸引了过来。

旁边卖玉米的看着他们，脸上浮现不爽的表情，默默地往后面走去。

忽然有个与他们年纪相仿的女孩走到他们面前，惊喜地朝着黄希瑞摆手，喊着她的名字，黄希瑞定睛一看，开心地冲上去拥抱了她，嘴里喊着："小唐，你怎么在这里？！"

小唐皱起眉头看了看她和陈二白，还有面前的烤肠车，奇怪地问："应该我问你怎么在这里才对！"

黄希瑞不好意思地笑笑："出来赚点零花钱！"

小唐开玩笑的样子朝黄希瑞说道："你这么好看，还要自己赚零花钱啊？"

黄希瑞又不好意思地笑笑。

然后一个与他们年纪相仿的男生也走了过来，径直把手搭在了小唐肩上，小唐立即朝他们介绍："这是我男朋友。"

然后凑到黄希瑞耳边小声地说："这就是我给你说的那个，家里超有钱，而且人很好！"

黄希瑞看了看他们两人，客气地对小唐男朋友打了个招呼。

陈二白全程面无表情地看着他们。

小唐忽然把黄希瑞拉到一旁小声地问："那是你男朋友？"

黄希瑞笑笑没说话。

小唐："怎么看起来傻傻的……你们谈恋爱，该不会还要你打工挣钱给他买电影票吧？"

黄希瑞脸蛋微红地傻笑："哎呀，你在说什么……"

小唐拍了拍黄希瑞肩膀："我男朋友身边好多男生朋友都不错，家里条件也好，累了来找我……"

黄希瑞客气地点点头。

陈二白全程把对话听在耳朵里，忍不住往远处站了站，然后看着她们挥手告别，小唐和她男朋友往体育馆里走去。

黄希瑞则看着他们的背影，发了一会呆，又走到烤肠车前的陈二白身边，陈二白看出她较之前，明显心情低落了许多。

陈二白看着她说："你累了的话，休息一会吧，我在这看着就行。"

黄希瑞默默点点头，坐在了后面的椅子上，一言不发。

陈二白看着黄希瑞，又转头回来看着面前剩下的一堆烤肠，一言不发。

体育场里的"百馆大战"第二轮比赛也开始了，雷朋在拳台上，对决刚刚开始，他就一个高鞭腿正中对手头部，对手直接倒地，引得全场一片惊呼。

不一会轮到了陈一琼，陈一琼明显身型不如之前那么臃肿，整个人看起来也精神多了，王胖子用力拍了拍陈一琼的肩膀大喊了一句："师兄，加油！"然后紧张地目送陈一琼上了拳台。

陈一琼打量了一下自己的对手，对手是个身型健硕的黑人，他一脸茫然地看向主持人和裁判。

主持人看向陈一琼："他代表他们拳馆出战，他是弟子之一。"

陈一琼点点头，又木然地转过头来看着面前这个黑人，那人兴奋地跳跃着，满脸笑容，粗犷地喘着气，双手用力拍打自己的胸膛，嘴里念叨着："Come on baby（来吧）！"

阿娟看着这狂野的黑人，在拳台下面吓得瑟瑟发抖，紧紧地抓着师父的衣服。

拳赛开始，黑人上来一个扫堂腿扫了过来，陈一琼抬脚避过，往后退了几步，黑人全力进攻，陈一琼则防守反击。

主持人："振兴拳馆的大师兄陈一琼，较之前明显灵活了许多，但托尼年轻，力量和速度都优于他……"

体育馆外，陈二白和黄希瑞正在抬头看着比赛，所在摊位前忽然围了一群混混模样的人，旁边卖玉米的也站在其中，凶神恶煞地看着两人。

为首的嚣张地问他们两人："谁允许你在这卖吃的？"

黄希瑞反问："怎么，你们是城管啊？"

为首的摇摇头："不是又怎么样？"说着一脚蹬向烤肠车，里面的烤肠撒了一地，那人冷冷地说了一句，"赶紧滚。"

陈二白和黄希瑞看了看撒在地上的烤肠，黄希瑞默默蹲下来，低头捡起烤肠塞回车底下，又站了起来，拉了拉陈二白说："我们走吧。"

陈二白默默地推着车，跟着黄希瑞走了，陈二白小声地问黄希瑞："你觉得委屈吗？"

黄希瑞冷冷地说了一句："委屈又能怎么样？"

陈二白突然停了下来，转身看了看那群人，那群人正在嚣张地看着两人，陈二白又看了看黄希瑞，黄希瑞拉了拉陈二白："走吧，我们换个地方。"

陈二白点点头，突然缓缓地推着车转了一个方向，生气地看着那群混混，大喊着推着烤肠车朝他们撞去。

还没反应过来的黄希瑞吓得睁大了双眼，捂着嘴。

陈二白边推着车子边朝他们冲去，车上的东西沿路撒了一地，那群混混脸上浮现一丝紧张的神色，车子越来越近，他们开始左右散开避让。

陈二白又用力地将车子转向，追着他们，眼睛通红嘴里大喊：

"来啊，别跑啊，你们凭什么让她受委屈！"

追了一会，陈二白体力不支，气喘吁吁地看着周围围着他的小混混们，小混混们面面相觑，为首的忽然大喊了一句："干他！"一群人朝着中间的陈二白冲了上去。

黄希瑞惊慌地朝旁边的警卫亭跑去。

一群混混围着陈二白，对他的车子开始打、砸。

不一会，黄希瑞跑了回来，冲到人群里，把陈二白往外拉，嘴里哀求着："别打了，求求你们别打了！"

忽然一个小混混大喊了一声："警察来了！"

几个人民警察远远地狂奔了过来，嘴里还大喊着："你们干吗呢？！"

这群混混一哄而散，有一个没来得及跑的混混只能迅速躺倒在陈二白身边，假装痛苦地捂着肚子，警察走过来，看着他和地上的陈二白。

小混混嘴里发出痛苦的呻吟："吃了他家烤肠，肚子痛，来找他理论，他还推车撞人，没有王法了啊……"边说边在地上打滚。

陈二白躺在地上，震惊地看着小混混，黄希瑞也一脸蒙的样子。陈二白生气地扑到混混身上，愤怒地大喊："你不要血口喷人！"说着就要抬手打混混。

警察冲上来，用力地把陈二白制伏在地，大声喝道："全部跟我回警局！"

小混混忽然迅速爬了起来，趁警察不注意，一溜小跑消失在了夜色中。

陈二白和黄希瑞连同两辆租的烤肠车都被一起拉回了警察局。陈二白坐在警察局里低着头，一脸生气的样子，黄希瑞担心地摸了摸他的脑袋。

陈一琼和托尼在擂台上，打得胜负难分，两人陷入胶着。

主持人："振兴拳馆这次，想赢并不容易。"

陈一琼耳边突然响起了师父的话："你的优势是抗击打能力超乎常人，你大可故意漏一些破绽，让对手大意，以为你已经支撑不住，对手一定会乘胜追击……"

陈一琼渐渐落了下风，托尼接连几个重击打在他破绽处。托尼脸上浮现兴奋的笑容，开始大开大合，全然没有防守意识地朝着陈一琼进攻，场下观众也大声地打着气。

陈一琼靠着拳台一角的柱子，缓缓向下滑去，一副已经被打垮的样子。王胖子和阿娟眼里满是失落，只有师父微微笑了笑。

托尼一看，一脸欣喜，朝着陈一琼动作夸张地挥出了奋力一击，快打到陈一琼脸上时，陈一琼忽然迅速下蹲，拦腰抱住了托尼并迅速地移动到他身后，陈一琼憋红了脸抱起托尼，怒吼一声，将托尼高高抱起，接着整个人如同拱桥一般朝后用力倒去。

托尼一脸惊慌，但已经来不及，他整个人已经失去重心，只能随着陈一琼朝后倒去，头着地，发出一声闷响。

陈一琼和托尼都倒在了地上，过了几秒，筋疲力尽的陈一琼缓缓站了起来，而托尼仍倒地不起。

全场观众又惊呆了，然后爆发雷鸣般的欢呼和掌声。

主持人也激动得大喊："振兴拳馆的大师兄陈一琼，他绝对是本次大赛的一匹黑马，总是在绝境中翻盘，他简直是一个不倒翁，一个斗士，一个老斗士！"

王胖子、阿娟还有师父开心地抱在一起，陈一琼默默地高举起一只手臂。

而此时，警察局里的两人正坐在警察面前，警察没好气地说："第一，你们这是违规经营，也没有办法保证你们的食物是安全的；第二，你们打架斗殴，影响恶劣；第三，你们虽然满了18岁，但还是高中生，学习更重要。"

两人都不说话，警察接着说："叫你们家里人来，把你们领回去。"

陈二白纹丝不动，黄希瑞默默站了起来，走到电话边上，拨打了电话。过了一会，她抬头问身边的警察："我能多打一个吗？"警察点点头。

陈一琼坐在更衣室里，忽然手机响了起来，他接通了电话，然后皱起了眉头，迅速收拾了东西，朝外面跑去。王胖子看了看，对阿娟说："你先送师父回拳馆，我去看看。"说完跟着跑了出去。

另一边的警察看着陈二白："怎么，你不打？"

陈二白依然沉默。

警察："你跟我耍脾气，是没有用的，知道吗……"此时，黄希瑞回来了，礼貌地对警察说："警察叔叔别着急，他还在被人欺负的气头上，不过他家长待会就来了……"

陈二白惊讶地看着黄希瑞，黄希瑞面无表情地看着他。

不一会，一个神色自若的胖女人走了进来，看了看黄希瑞，眼睛一下就红了，上来抱着黄希瑞心疼地喊了一句："瑞瑞……"

黄希瑞也抱着她嘴里喊了一声："姑姑……"

陈二白呆呆地看着她们两人。

没过多久，姑姑带黄希瑞办完手续，拉着她走了出去，黄希瑞时不时回头看还坐在警察局里的陈二白，陈二白也看着她和她姑姑走了出去。

陈二白呆坐着，过了十多分钟，警察放了一杯水在他面前，一个神色匆匆的老男人忽然走进来，脸上还负着伤，焦急地四处张望。

坐在陈二白身旁的警官问："找谁？"

陈一琼一看，正好看见自己的儿子陈二白，陈二白衣服脏兮兮，面无表情，鼻青脸肿地坐在那。陈一琼赶紧跑了过来，不好意思地对警察说："警官不好意思，我是他父亲，来晚了一点。"

陈二白一脸惊讶地看向陈一琼，警察盯着他们两人，认真地问陈二白："他是你父亲吗？"

陈一琼坚决地说："是！"

陈二白坚决地说："不是！"

警察陷入了沉默，一脸无奈地问了一句："到底是不是？"

陈一琼坚决地说："是！"

陈二白坚决地说："不是！"

警察无奈地笑了笑，然后看着陈一琼："怎么证明？户口本？"

陈一琼："谁出门会带户口本啊……他就是我儿子啊！"

陈二白默默地抬头看着警察："警察叔叔，我真的不认识他。"

警察叹了口气，疲惫地低下头，搓着自己眼睛，一副头疼的样子。

忽然陈一琼默默搬来一张椅子，背对着陈二白坐了下来，然后侧着头认真地看着警察缓缓开口道："我可以证明我就是他父亲。"

警察缓缓抬头盯着陈一琼。

陈一琼全程盯着警察，一眼都没有看陈二白，对警察说："他额头美人尖那个位置，有个凸起来的疤，那是他5岁的时候和别人打闹，被石头砸的，那天他一直哭，我带他去缝的针，缝了5针。"

警察皱起眉头，抬手撩了撩陈二白的刘海，看见果然有个凸起的疤痕。

　　陈一琼又说道："他右腿有一个深色的疤痕，拇指甲盖那么大，是他小学六年级和别人踢球，抢球的时候被别人的鞋钉磕的，后来结痂了很痒，我让他别抠，不然会留疤，他不信，非要抠，结果这个疤就留下了。"

　　警察又迟疑地蹲下身去，撩起陈二白的右边裤腿，果然看见一个如陈一琼所述一模一样的深色疤痕，点了点头。

　　陈二白看了看父亲的背影，脸上有些诧异。

　　陈一琼又继续说："他后背上靠左边，有一个胎记，形状像一个香蕉。他一直以为自己没有胎记，那是因为他看不到，我也从没告诉过他。"

　　警察绕到陈二白身后，撩起衣服看了看，陈二白迟疑地问警察："真的有吗？"

　　警察点点头。

　　陈一琼又说："他肚脐上有颗黑痣，对吧。"

　　警察撩起陈二白前面的衣服又看了一眼，然后点点头。

　　陈一琼："警官，如果要我说关于他的事情，我能说一晚上，从他出生一直到长大。"说完陈一琼红了眼睛。

　　陈二白震惊地看着自己父亲的背影。

陈一琼："只是他一直觉得我不关心他，只会给他钱，这点是误会，我是个不太会表达的人；他觉得他妈妈的离去是我的错，这我承认。他因此不原谅我，我也不知道有什么办法，但我们是父子，这一点不会改变的。"

警察小声地问了问陈二白："他这样都不算你爸爸？"

陈二白低下头不说话。

王胖子不知道什么时候到了他们身边，默默地叹着气，拍了拍陈二白的肩膀说："其实他一直很担心你。"

陈二白缓缓站起来："可是妈妈永远回不来了，我原谅不原谅，都是一样的。何况我看到他，就忍不住想起我妈离去时一脸痛苦的表情。"

大家都沉默了。

陈二白默默走了出去，一脸难过的样子。

王胖子对陈一琼说："你先办好手续，我去看着他。"说着跟着走了出去。

陈二白走到警察局门口，他四处张望，找寻黄希瑞的身影，他往旁边走了走，忽然看见黄希瑞和姑姑在不远处的车棚下面。

他听见姑姑对黄希瑞说："瑞瑞，你看你爸爸非要倔强，不跟我们联系，下场呢？你现在也是，除了来跟我一起生活，你难道还有别的选择吗？你自己到底怎么生活，一个小姑娘去打工、摆地摊、卖烤肠？跟一个没用的人一起？你的人生只会越来越糟糕。"

黄希瑞不说话。

陈二白看着黄希瑞无奈的神情，他忽然发现，自己连上去辩驳的勇气和底气都没有，他甚至搞不清楚他没用到底是因为他正处在一个一无所有的年纪，还是因为他本身就是个一无是处和一无所有的人。

陈二白甚至连站在远处等黄希瑞的勇气都没有，因为他不知道面临的结果是什么。他不知道黄希瑞会不会再回来。他低着头，朝着家里快步跑去。

王胖子追出来时，陈二白已经没有了踪影，王胖子嘴里忍不住感叹："真是搞不懂青少年。"

陈二白回到家中已经很晚，他把地板拖了一遍，又擦了擦桌子，把黄希瑞房间收拾得整整齐齐，洗了个澡，自己坐在沙发上，盖着被子，看着门口。

时间一分一秒地过去。他不知道自己是不是又在经历一场无声的失去，或者他从来就没有拥有过，比如黄希瑞，他认为他们也许只是患难时不得不作为彼此的陪伴。

他静躺了一会，起身走到厨房，打开了水龙头，听着水滴声，心里平静了许多。看着地板上苍白的月光，听着外面呼啸而过的寒风，他沉沉睡去。

第二天一早，陈二白睡眼惺忪，看见一个身影坐在客厅。他睁开眼一看，发现是黄希瑞，穿着整齐的冬季校服，正支着脑袋静静地看着他。

陈二白心中欣喜，但表面还是很冷静，对黄希瑞小声地说："你回来了。"

黄希瑞点点头，忽然一脸坏笑，让他有些不自然，黄希瑞的目光从他的脸默默往下移，然后看着他凸起的地方微笑。

陈二白看了看黄希瑞，又顺着她的目光看了看自己裆部，瞬间坐直了身体，把枕头压在上面，不可思议地看着黄希瑞。

黄希瑞："你知道这叫什么吗？"

陈二白："什……什么？"

黄希瑞忽然又笑了起来："嘿嘿，你自己知道。"

两人又默默对视了一会，陈二白终于忍不住通红着脸咳了咳，哀求地说："你不走开，我怎么好意思站起来……"

黄希瑞懒洋洋地站起来，伸了伸懒腰，转过身往门口走去，陈二白迅速站起来去找长裤和衣服。

忽然黄希瑞又转过头来，只穿着内裤的陈二白吓得"啊"了一声，赶紧抓起枕头又捂住了自己的裆部。黄希瑞开心得大笑起来。

陈二白一脸难为情的样子。

初冬的早晨，两人走在路上，陈二白忽然对黄希瑞说："今天放学我可能不能陪你去打工了啊！"

黄希瑞抬头有些不高兴地问："为什么？"

陈二白不好意思地挠了挠头，小声说了一句："我也想去找份工作，不然你太辛苦了。"

黄希瑞有些刮目相看的样子，盯着陈二白笑了笑，黄希瑞忽然挽起陈二白的手臂，朝前走着，她的柔软在不经意中似有似无地蹭在陈二白手臂上。

陈二白僵硬地把手挪开了一点。

黄希瑞奇怪地问他："怎么啦？"

陈二白看了看黄希瑞："没怎么啊！"然后忍不住看了一眼蹭到的地方。

黄希瑞低头看了看，调皮地问："碰到啦？"

陈二白不好意思地说："不是故意的……"

黄希瑞笑着点点头继续问："什么感觉，舒服吗？"

陈二白一脸诧异地看着她，耳朵红扑扑的，黄希瑞突然抓了抓陈二白的屁股，冷静地说："还回来。"

陈二白吓得跳了起来，一脸害怕地看着黄希瑞。

黄希瑞则一脸淡定地继续朝前走去。

振兴拳馆，师徒四人坐在饭桌上，陈一琼面前有个单独的菜碗，很是丰盛，其余三人则只有一些清汤寡水的青菜和肉末。

陈一琼皱起眉头，看了看王胖子："这是？"

王胖子笑了笑："师父的意思，你最近训练消耗大，要吃好点。"

陈一琼看着师父，小声地说："这样我怎么可能好意思吃得下去……"

师父淡定地看着他说："你没有输在拳台上，我们也不能让你输在拳台下吧。"

其余几人都微笑着点点头，陈一琼一脸感动的样子，然后给他们一人夹了一块肉说："少吃这几块肉，也影响不了什么。师父，你的养老钱，我一定会给你赢回来的。"

大家面面相觑，相继拿起了碗筷，狼吞虎咽起来。

雷朋在房间里，表情冷峻地看着昨天拳赛的回放，旁边一个分析师模样的人："泰山还是泰山，仔细看就能发现，除非他想让你打，不然真的没破绽。"

雷朋不耐烦地看了他一眼。

分析师模样的人继续说："我们这次一定要赢，不能出任何乱子，在这个比赛之前，赌局可都布好了，不能有任何一个程咬金杀出来。"

雷朋脑海里浮现当年的拳台，年轻时的他正在努力地朝着陈一琼进攻，一串组合拳打完，陈一琼只是轻巧地活动了一下肩膀，放下护着头部的双手，默默地看着他。而那个平静的眼神，透露出来的，却是一股仿佛永远无法战胜的王者之气。

雷朋的眼神变得凶狠起来，冷冷地说了一句："没有破绽，总有软肋吧？"说完关掉了电视，一言不发地走出了房间，对着拳馆里的沙袋疯狂击打。

过了一会，他停了下来，一副若有所思的样子。

夜里陈一琼站在拳馆里的镜子面前，默默脱去上衣，摸了摸自己平坦的肚子，捏了捏日渐结实的手臂，脸上洋溢着感动，笑了起来。随后对着拳馆的沙袋，一拳又一拳地练习着，每一下都发出低沉的闷响。汗水顺着他的身体一滴一滴滑落，尘埃时不时微微扬起。

师父坐在房间里，听着外面一声声有节奏的闷响，忽然小声地念叨："诚既勇兮又以武，终刚强兮不可凌……"然后看着面前满墙的金杯、腰带和锦旗，笑了起来。

王胖子和睡在下下铺的阿娟同时探出头来，彼此对视了一下。

阿娟忽然问了一句："二师兄，大师兄到底厉害不厉害？"

王胖子："按理说这么多年不打拳，应该是不厉害了。"

阿娟："那大师兄有希望继续赢下去吗？"

王胖子用力点点头："有！"

阿娟："为什么？"

王胖子："因为有时候决定胜负的，不全是技巧、速度、力量，还有意志力和一颗不认输的心。你戒过毒，你应该懂。"

阿娟用力点点头："我懂！"

王胖子也点点头。

两人又把头缩了回去，默默躺着。过了一会阿娟在下下铺喃喃自语道："谢谢你们收留我，不然我就无家可归了。"

王胖子："别谢我们了，你不是给了我们一张中了好几万的彩票吗？也算救了我们一命。"

阿娟一脸蒙的样子，过了一会说："师父没告诉你吗？那张彩票兑奖的时间过了，作废了。"

王胖子猛然坐起来："什么？那这段时间我们都靠着什么在生活？"

阿娟："不知道啊！师父给我钱去买的菜和日用品。"

王胖子挠挠头："师父居然还有积蓄……"

第六章

挂满星星的街道

白天城市的大街小巷，三三两两的人聚在一起看报纸，而报纸都在报道着"百馆大战"的战况和已经晋级下一轮的拳手。其中振兴拳馆的"老斗士"陈一琼，也是报纸争相描写的对象之一。

白天黄希瑞和陈二白在学校上课，放学就分头各自奔跑着去打工。

陈二白在家附近的便利店找了一份收银员的晚班工作，直到夜里10点才会有人来接替他，然后下班回到家，再等一会黄希瑞也会回到家。

黄希瑞偶尔会带一些卖剩的糕点回来，陈二白则会在便利店下架更换的熟食里，挑一些刚刚过期不足两小时的东西带回来。

两人每晚最开心的时刻就是面对面坐在餐桌两头，各自拿出自己带回来的食物，比拼谁的更厉害。

今晚依旧如此，黄希瑞从陈二白带回来的东西里，抓出一个紫菜饭团，双眼放光地看着感叹道："哇……今天这个好厉害，居然不是过期的。"

陈二白开心地点点头说："赶紧吃吧！"

黄希瑞兴奋地拨开外面的塑料纸，张大嘴巴准备一口全塞进去，忽然看了一眼对面的陈二白，停了下来，嘴巴收了收，咬了一半，剩下一半递到陈二白面前说："你也吃！"

陈二白摇摇头说："你全吃了吧，我不饿，今晚同事请我吃了关东煮。"

黄希瑞一脸羡慕地看着他，嘴里念叨着："这么好……热腾腾的关东煮。"说完看了看窗外，一派寒冷的景象，又接着说，"那我全吃了啊？"

陈二白点点头。

黄希瑞："我真的全吃了？"

陈二白坚决地点点头。

黄希瑞一口把另一半也吃了下去，然后一副夸张的幸福表情，忍不住将自己心中感受娓娓道来："你知道吗？感觉这个饭团，每一颗米都是清香和饱满的，再结合它外面酥脆的紫菜，简直，人间美味……"

陈二白听得两眼放光，咽了咽口水看着黄希瑞："真的吗？"

黄希瑞点点头。

陈二白伸出手，默默地拿掉粘在黄希瑞脸上的一颗仅剩的饭粒，慢慢地放入嘴中，仔细咀嚼，然后也心满意足地笑了起来。

两人就这么对视着，傻笑着。

过了一会黄希瑞拍了拍肚子说："我洗澡去了，你别偷看哦！"

陈二白："谁会偷看啊！"

黄希瑞默默拿起浴巾进了浴室，关上门，不一会响起了水声。

陈二白默默低下头，抓起桌上的各种刚刚过期的熟食狼吞虎咽地吃着，嘴巴鼓鼓的，抬头看了看浴室，又低头继续吃着。

他吃完收拾一下，默默躺在沙发上，生无可恋地看着天花板。

夜里黄希瑞在房间床上躺着，透过房门看向陈二白，忽然小声地问了一句："你冷吗？"

陈二白："还好。"

黄希瑞突然抱着被子走到客厅，铺在了陈二白身上，然后自己头朝另一边钻进了被窝里。两人又脚搭着脚睡。

陈二白奇怪地问："那为什么不一起去卧室睡呢？沙发上这么挤。"

黄希瑞："那不行，沙发上空间小，一脚就能把你踹下去。"

陈二白皱起眉头问道："什么意思？"

黄希瑞："谁知道你会做什么。"

陈二白："到底是谁会……"

黄希瑞偷偷笑起来，假装生气的语气问道："那上次是谁故意蹭我的？"

陈二白连忙慌张地解释道："我不是故意……"

黄希瑞继续："我不管！明天我要告老师……"

陈二白语气变得无奈："别啊……你这人……"

黄希瑞："那明天早餐你煮。"

陈二白："好好好，我煮，以后都我煮。"

黄希瑞："嗯。"

两人渐渐睡去。

少年宫武术班，师父王精尚面色疲惫，看着面前一群东倒西歪、垂头丧气的小孩毫无兴致地跟着他练拳。

一直以来非常尊重武术的他心中自然气不打一处来，终于忍不住浮现稍微有点动怒的表情，刚准备上去纠正动作，小孩就先哭了起来。

他只能无奈地伸出僵硬的手，抚摸着小孩的头，索性让大家都先休息一会。王精尚看着他们，一脸无奈。

不一会下课铃响，一群小孩逃难似的大喊着"老师再见"，一窝蜂全跑了。

王精尚静静坐着，一脸失意的样子，一个工作人员走来，没好气地对他说："你得想办法激发他们的兴趣啊，不然怎么让他们继续学下去呢？哪怕敷衍一下啊！"

王精尚生气地一拍桌子："打又不能打，骂又不能骂，教个屁！难道还要我哄着学不成，还不如去耍猴！"

工作人员笑了笑："如果你这么厉害，我们这里可请不动你，今天上课结了钱，下次就别再来委屈自己了，王大师。"说完趾高气扬地看着王精尚。

师父生气地回道："你们就别再侮辱武术了。"说完头也不回地走了。

工作人员在后面继续冷嘲热讽："装什么装？！厉害就去街头卖艺吧。"

片刻之后，师父在热闹的街头，看着人来人往，他仰天长叹："对不住师父，对不住历代师爷师祖了。"然后默默地看了一会天空，仿佛在等着被原谅。

忽然他大喝一声，周围的行人全都放缓了脚步用奇怪的目光看向他。

师父忽然缓缓拉开架势，表情严肃，接着打起了一套虎虎生风的拳法，静若处子，动如脱兔。行人都被吸引了目光，静静地驻足，看他打拳表演武术。时不时地喝彩起来，露出赞叹的神色。

"这位老师傅真厉害。"

"一把年纪了，真不容易。"

一些路人在交头接耳，渐渐有些人出于同情或者礼貌走了上去，在他脚边放下一些零钱。

王精尚看着地上的零钱，心中既有一丝安慰，又有一丝悲凉。但他依然表情严肃认真地完成他的拳法表演。

夜里，王精尚往拳馆走去，步履蹒跚，忍不住在路边坐下来歇了一会。回到拳馆时，发现还亮着一盏烛光，他看见陈一琼在蜡烛发出的微弱光芒里，勤奋地练着拳。他语气疲惫地问："干吗点蜡烛，觉得浪漫些吗？"

陈一琼停了下来，抬头看向门口，看见昏暗的烛光里师父单薄的身影，陈一琼略带不好意思地回了一句："这样节约电费。"

师父点点头，往屋里走。

陈一琼好奇地问了一句："师父怎么这么晚才回来？"

师父头也没回说了一句："跳广场舞去了。"

陈一琼疑惑地看着师父的背影，觉得有点不可思议，然后喊了一句："师父，有什么事，我们可以一起分担的。"

师父："怎么？你要跟我一起分担老太太啊？"

陈一琼："那……师父注意身体！"

第二天中午吃了饭，王胖子就匆匆忙忙骑着自行车出门去了。陈一琼正在田边锻炼，阿娟正在田里抓泥鳅改善伙食，过了一会，两人又看见师父走出拳馆，慢悠悠地沿着马路走去。

陈一琼看了看阿娟："他们两人最近很神秘啊！"

阿娟点点头问陈一琼："师兄，你喜欢吃泥鳅吗？"

陈一琼一脸莫名地看着阿娟，然后继续锻炼，没有理会他。

王胖子提着一袋水果站在四中门口，过了一会唐老师也来到了门口，两人隔着校门，透过缝隙羞涩地对视了一下，王胖子把水果递给了唐老师让她转交给陈二白，唐老师转身准备走，王胖子忽然叫住了她："中午下班的时候，我们一起吃饭吧。"

唐老师看着王胖子，表情欣喜，点点头。

两人简单地吃了一个中午饭，王胖子在路上推着自行车，唐老师在旁边和他一起走着，两人慢悠悠地转着，唐老师忽然在身后说："其实我下午没有课。"

王胖子嘴角挂着笑意："其实我们拳馆也没有学生，所以我也不着急……"

两人在初冬的冷空气里走着，说话都冒出白汽来，王胖子抿了抿嘴唇，看了看天空然后说："好像这个冬天不像以往那么干燥了。"

唐老师看向他，然后笑着问："是因为久旱逢甘露吗？"

王胖子一下子笑了出来，不好意思地说了一句："应该是了。"

唐老师忽然踮起脚，直接抓着王胖子吻了起来，王胖子还没反应过来，自行车重重地摔倒在地上，他缓缓张开手抱着唐老师。过了一会两人松开。王胖子惊慌失措地看着唐老师，唐老师也有些不好意思地看了看他，两人低头目光扫着地面。

突然王胖子又抱着唐老师吻了起来，片刻之后，两人喘着粗气再次松开。两人都目光灼热，面色潮红，唐老师看着王胖子说：

"我们这个年纪了，就不要像年轻人那样猜来猜去的了。"

王胖子用力点点头："有道理！"

唐老师："我独居。"

王胖子突然沉默了，唐老师奇怪地看着他："怎么了？"

在初冬午后，暖洋洋的阳光温柔地洒在两人身上，他们静静地站在路上对视着，时不时呼出一些白色雾气。

王胖子突然小声地说了几个字。

唐老师有些惊讶，又微微点了点头，轻声回应着："那真是巧了……"

王胖子皱起眉头。

唐老师："我祖传老中医推拿手法……专门治那个……只是传到我这一代，因为我是女孩，就没做这行了……"

王胖子愣在原地，更加惊讶地看着唐老师。

唐老师："所以你这么多年不恋爱，就是因为这个？"

王胖子不好意思地摸了摸自己后脑勺，弯下腰把车扶了起来，小声地说："那要不……去你家推……推拿一下？"

唐老师憋着笑点了点头。

两人继续安静地走在路上，风吹过来，王胖子把宽大的外衣敞开，包裹住身边的唐老师。

已经傍晚，陈一琼坐在路边，阿娟则在路边看着一盆泥鳅，不断地数着有多少条。忽然两人都抬头看向路的另一边，他们看见王胖子缓缓地支着 O 型腿，推着车朝他们走来。

陈一琼担心地大喊了一声："师弟，骑车出意外了？"

王胖子面色疼痛地摇摇头。

阿娟："二师兄，你是不是去做'保健'了？"

王胖子吓了一跳，脱口而出："你怎么知道？"

陈一琼和阿娟面色震惊地看着他。

王胖子忽然发现不对，接着又大喊了一句："你怎么知道，我这样就一定是去做'保健'了呢？瞎猜什么！"

那两人又点点头。

王胖子忽然停下来，朝着对面一片盖着棉被的菜田，一脸意气风发，又满是感慨，扬起手臂，指向天边，突然高歌了一曲《国际歌》："起来，全世界的受苦人，起来，饥饿的囚犯们……"

陈一琼和阿娟茫然地看着他，过了一会阿娟凑在陈一琼耳边说："他在外面有女人了。"

陈一琼震惊地看向阿娟。

师父街头卖艺完毕，又很晚才回到拳馆，而陈一琼仍然在练拳。师父搬了一张椅子，安静地坐在拳馆中，默默地看着陈一琼，陈一琼把灯打开，看到师父苍白的脸，师父气色比前些天更差了。

陈一琼轻轻地擦着身上的汗，又看一眼师父，小声地喊了一声："师父。"

师父抬头看着他。

陈一琼："徒弟我是佩服你老当益壮，虽然最美不过夕阳红，但还是要量力而行……"

师父笑了笑，疲倦地对他说："别担心我了，你再赢一场，就进决赛了。"

陈一琼表情迟疑了一下，毫无底气地点点头。

师父看着他的样子开口问："还记得小时候吗，你学得受不了了，然后问师父我，为什么要这么辛苦学武术？"

陈一琼点点头："师父你跟我说没有为什么，只是人生会起起落落，不会武术的话，不小心掉沟里，就翻不上来了。"

师父摸出烟袋和烟斗，点起火，轻轻地抽了一口，然后朝着陈一琼点点头："比起输赢，师父更在意你有没有从沟里翻出来。"

陈一琼感动得点点头。

过了一会，师父静悄悄地躺在椅子上睡着了，陈一琼擦干身上的汗，然后小心翼翼地将师父扶回了房间里，轻手轻脚地把师父放到床上，给他脱了鞋子，盖上被子。接着静悄悄地退出房间，却不料一不小心，撞到了旁边的柜子，一幅画突然掉了下来，陈一琼身手敏捷地接住。

他正准备放回去时，忍不住多看了一眼那幅画，突然愣住了，他想起那天在房间里，师弟王胖子身上掉出来的照片，照片上，有一幅一模一样的画作，一幅牡丹花。陈一琼仔细地端详着，看着师父陷入沉思，过了一会他将画轻轻地放了回去。

天气渐渐变得寒冷，陈二白在便利店里看着外面狂风呼啸，心里有些担心黄希瑞，看了看时间，晚上 9 点 50 分，他看着前来接替晚班的人，有些不好意思地问："大华哥，我今天能不能提前十分钟走？我想去接个人。"

大华哥点点头，笑着回道："去吧，没关系。"

陈二白充满感激的样子，迅速穿起衣服，走了出去，刚刚走出门外，一阵风吹来，就忍不住打起哆嗦来，脖子赶紧缩进了衣领里。他朝着黄希瑞回家的方向快步走去，路两旁偶尔有一两座低矮的房子，荒凉一片，在这种天气中显得格外冷清。

他走了一会，突然听见远处传来一阵急促的脚步声和清脆的喊叫声，沿路住户家养的狗都随着这个声音此起彼伏地叫唤了起来。这喊叫声毫无规则，仿佛是为喊而喊，就像坐过山车时的那种声音。

陈二白打了个寒战，原地驻足，有些奇怪地看着远处，声响越来越近，他在黑夜里看见一个单薄的身影朝自己跑来，他再仔细一看，身影很熟悉，好像是黄希瑞。

那个身影从他面前经过，完全无视了他，身影跑过去的时候，他终于确认了就是黄希瑞。他赶紧冲上前去，一把拉住了黄希瑞。

黄希瑞吓得夸张地对他"啊"了一声，陈二白赶紧说："是我！"然后摇了摇黄希瑞。黄希瑞发丝凌乱，喘着粗气，表情惊慌，定睛一看是陈二白，才松了一口气。

陈二白一脸莫名其妙地看着她，有些担心地问了一句："你怎么了？干吗要一路大喊着回家？你是不是疯了……"

黄希瑞不好意思地傻笑起来，上气不接下气地转身指了指这条路，又看了看荒凉的周围，小声地说："不好意思嘛……这条路，一个路灯都没有，周围又像拍鬼片的地方……"

陈二白抬起头打量了一下周围，果然整条路几乎没有任何照明，两旁全是破旧低矮的楼房，亮着一点昏暗苍白的灯光，这种环境，别说一个女孩子，就是一个大男人也忍不住会发怵。

黄希瑞依然抬着头一副抱歉的样子看着陈二白。

陈二白低头看了看她被吹得通红的脸颊，轻声问："你每天都是这样跑回家的吗？"

黄希瑞点点头。

陈二白咽了咽喉咙，忽然心疼地把黄希瑞一把紧紧拥进怀中，他微微张开嘴巴，难受地呼了一口气，然后眼睛红了，一言不发地将黄希瑞抱得更紧了。这一刻他很想说一句，以后别打工了，我养你吧，却发现自己这么说出来，不但不感人，更像是在嘲笑自己。他默默地吸了吸鼻子，难过地看着这条感觉没有尽头，且一片漆黑的路，更想起了在体育馆前黄希瑞的朋友与她的对话，也想起了黄希瑞姑姑说的话。

过了一会，陈二白悄悄擦了擦自己的眼睛和脸颊，缓缓地松开了黄希瑞。黄希瑞还在一脸蒙的状态，看着他。

陈二白对她笑了笑。

黄希瑞也对陈二白笑了笑，然后拉了拉陈二白的手，指着天空说："我刚刚就想跟你说了，今晚的星星好亮，你看！"说完，抬头看着天空。

陈二白也抬头看向夜空，果然看见繁星点点。

陈二白忽然说："我不舍得你一个人走这条路。"

黄希瑞调皮地笑起来："其实这条路挺好的。"

陈二白看了看周围，心疼地问："好在哪？"

黄希瑞："虽然没有路灯漆黑一片，虽然不够平整坑坑洼洼，可它却是一条挂满星星的街道啊！"说完认真地看着陈二白。

陈二白低头看了看黄希瑞，又抬头看了看星空，笑了笑，接着握了握黄希瑞如冰棍一般的手，又看了看她被冻得通红的脸蛋，神情复杂。

陈二白一个人坐车穿过半个城市，来到另一片郊区，他穿戴整齐，手拿白花走进了一座陵园，熟练地直接走到了一座清新淡雅的白色墓碑前，他面色沉重，弯腰拿起侧边的扫帚，动作很轻又很认真地清扫了一下，然后把旁边那束白花放在了墓碑前。接着安静地坐了下来，看着墓碑发呆。

　　过了一会，他朝着墓碑开口道："妈妈，今天是你的忌日。我告诉你一件事，家里又破产了。"

　　一阵风呼啸而过，风停以后，陈二白叹了一口气，接着说道："然后我跟陈一琼分开了，我不想见到他。他害死了你，以前他有钱，我拿着钱还能麻痹一下自己，现在他没钱了，我实在待不下去了，我是不是太现实了？有点不孝吧？"

　　墓碑沉默不语，陈二白看了看墓碑上妈妈的照片，用手轻轻地抚摸了一下，又继续说道："后妈也离开了陈一琼和我，她改嫁了，丢下我一个人，我只能自己生活，然后遇到了一个女孩子。"说完陈二白有些羞涩的表情。

　　陈二白："这个女孩子把我的钱骗光了。但是我又不恨她，她是为了给她爸爸治病才讹我钱的。"

　　说完陈二白顿了好一会："我喜欢她。可是我才 17 岁，我照顾不好她，只能让她吃很多苦，我是不是应该让她去跟她姑姑生活？她这么聪明，一定能上一个很好的大学，找一份很好的工作，成为一个很优秀的人，然后和一个同样优秀的人谈恋爱，结婚，过幸福的生活。而不是像现在这样。"说到这里，陈二白哽咽了，眼睛又红了。

又过了挺久，陈二白忽然认真地看着墓碑说："妈妈，如果你也认为我应该让她去跟她姑姑生活，你就刮一阵风过来吧。"

忽然陈二白感到一阵寒风刮来，他吓得整个人颤抖了一下，他震惊地看了看周围，一脸的惶恐。

在陈二白正后方，有两个青年在一个巨大的墓碑后面，正拿着一个风扇吵吵嚷嚷，平头青年对长发青年说："你从大老远接了多少个插线板？我还以为你要干吗呢，你拿着个电风扇在这里吹什么啊？你这是对大哥的不尊重！"

长发青年愤怒地对平头青年说："咋不尊重了？大哥生前最讲究得体，这坟头满是尘埃和落叶，大哥还能得体吗你觉得？"

另一边的陈二白则依然一脸不可思议的样子，面色凝重地看着妈妈的墓碑，又认真地问了一句："真的吗？妈妈，你是认真的吗？"

忽然又一阵风吹来，陈二白这次彻底惊呆了，过了一会，他面色痛苦地捂着脸，一言不发。

而身后被巨大墓碑完美挡住的两个青年依然在争执，平头青年生气地看着长发青年："咋回事？你又吹大哥？大哥风里雨里那么多年，现在就不能还他一片风和日丽吗？"

长发青年不服气地看着平头青年说："可是……大哥他必须得体，必须一尘不染！"说完用手重重地捶了捶地面，眼泪掉了下来，有些动情。

平头青年一脸感动地看着长发青年："兄弟抱一下。"

说完两人在大哥坟前相拥在一起。

那头的陈二白此时默默站起身来，朝着墓碑点了点头，认真地说："妈，我明白了，也知道该怎么做了。有时间我再来看你。"说完，他深深鞠躬，接着脸庞挂着失落，走了。

过了一个小时，陈一琼穿戴整齐，拿着一束白花面色沉重地走进了这座陵园，走到一个清新淡雅的白色墓碑前，将花放了下来，然后看了看面前已经有的那束白花，皱了皱眉头，默默蹲了下来。

他长长舒了一口气，然后语气凝重地说："老婆，告诉你一件事，我又破产了。"

墓碑沉默不语，陈一琼看着亡妻的照片，一脸悔恨和内疚，接着说道："如果你还在，也许你能阻止我当时盲目地扩大经营，可能我就不会走到这一步了。"说完轻轻地抚摸了一下亡妻的黑白照片。

陈一琼："但这都不是最令人心痛的。最让我心痛的是小白，小白完全不认我，以前有钱给他，还有些联系，现在在他眼里，我连陌生人都不如。大概是因为你的离去，和我有很大关系，这些年他虽然一直没有提起，可也从来没有选择要原谅我。"接着陈一琼难过地叹了一口气。

　　陈一琼难过地看着亡妻的照片，发了一会呆，又缓缓说道："我又重新打拳了。虽然小白不认我，但我也想找个机会告诉他，就像师父说的，每个人都有自己的战争，很多时候我们没有输，只是还没赢。不要失去信心，不要随便放弃自己心爱的人或事。有一天他能体会的，对吧。"

　　陈一琼："如果你在天有灵，就保佑我们父子一切都好起来吧。"他又用手轻轻地摸了摸墓碑，接着道，"我要回去训练了，准备下一场拳赛。之后再来看你。"陈一琼依依不舍地看了看墓碑，然后往外走去。

　　没过多久，一个穿着黑色西装，身形挺拔高挑，戴着墨镜的男人站在了这块白色墓碑前，他取下墨镜，是雷朋。

　　雷朋面无表情地盯着墓碑良久，忽然摸了摸湿润的眼睛，又瞬间恢复了平静。

　　接着雷朋声音低沉地说："嫂子，今年又来跟你说对不起了。我当时没想到最后会这样；况且如果当年不那么做，我今天可能还是一无所有的小田，不会有机会出国打拳，也不会有所谓的雷朋，不会衣锦还乡。我现在无法偿还的，只有来生做牛做马来偿还了。"

说到这里，雷朋忽然抽泣了几下，接着用力地吸了吸鼻子，表情又恢复了平静，静静地盯着墓碑，继续声音低沉地说道："你说你老公陈一琼，是不是这辈子不打算让我安生了？他现在又出来打拳了。"

说完，雷朋朝着墓碑，深深地鞠了三个躬，理了理自己的背头，长长舒了一口气，默默地走了出去。

陈一琼回到拳馆，正好开饭，一看自己的碗里，又是异常丰盛的饭菜和大块的牛肉，他紧张地问王胖子："师父到底还有多少钱啊？"

王胖子茫然地摇摇头。

陈一琼看了看王胖子和阿娟："趁师父没来之前，你们赶紧吃点肉吧。"

王胖子和阿娟小心翼翼地用手各自抓起一块肉，放进了嘴里，开心地对陈一琼笑着。

过了一会，师父过来坐下，有气无力地拿起筷子说了一句："吃吧。"

师徒几人狼吞虎咽地吃了起来。

陈二白在教室看着黄希瑞的侧脸发呆，黄希瑞抿着嘴唇若有所思状，正好有个同学递给黄希瑞一个东西，黄希瑞快速地侧头接了一下，她的马尾辫一下子甩在了陈二白脸上，划过他的鼻尖，陈二白闻到一股清香。陈二白忍不住摸了摸自己的鼻尖，忽然脸上怅然若失。

黄希瑞转过头来看着陈二白，奇怪地问："你表情怎么这么奇怪？"

陈二白缓缓坐直了身子，对黄希瑞说："今天冬至，你请一天假别去打工了吧，我前几天发了工资，我请你吃好吃的。"

黄希瑞嘻嘻一笑："真的？"

陈二白点点头。

黄希瑞："你这么抠抠搜搜的人，真的要请我吃好吃的？"

陈二白无奈地笑了笑，又认真地点点头说："真的。"

黄希瑞还是觉得他今天怪怪的，看了他几秒，黄希瑞说："好吧，我让我好朋友帮我代班一天。"

陈二白开心地笑着。

午饭过后，陈一琼在房间的床上坐着，王胖子走了进来，陈一琼看到他忽然想起什么似的，问了胖子一句："对了，你日记本里夹着的那张小时候的照片，能再给我看看吗？"

王胖子好奇地看着陈一琼："可以啊！"说着从床头拿出日记本摊开，把照片递给了陈一琼。

陈一琼接过照片，着重看了看婴儿身后的那幅画，想起师父房间里，一模一样的柜子上，反放着的那幅一模一样的画，他微微有些惊讶。接着恢复了平静，又看了看王胖子问："师父说这是他当年把你捡来的时候，就跟你放在一起的照片？"

王胖子点点头。

陈一琼也点点头。

王胖子依然一脸奇怪地看着陈一琼："怎么了到底？"

陈一琼："没什么……"然后自己默默走了出去。

王胖子把照片塞了回去，一头雾水。

没过多久，在拳馆门口的马路边拖着卡车轮胎往前走的陈一琼看见王胖子和师父相继出了门。陈一琼看他们一前一后地走着，虽然彼此没说话，但步伐和走路的姿态，竟然莫名地同步。

陈一琼默默地感慨了一句："没想到啊……"

王胖子到了唐老师家中，两人在被窝里打滚了一会，忽然停了下来，两人面红耳赤地探出头来，气喘吁吁。王胖子一脸尴尬地往被窝里面看了看，又看着唐老师，难为情地说："还是差一点啊……"

唐老师皱着眉头，然后温柔地摸了摸王胖子的脸："那就接着推拿一下吧。"

王胖子一脸惊恐地看着唐老师："不要吧……"

唐老师："为了我们的幸福，要的吧。我们迟早也要结婚的对吗？"

王胖子紧张地点点头。

过了一会，唐老师的房子里传出来一阵阵惨叫声。

师父王精尚在闹市区人来人往的广场上大喝一声，然后开始表演起了武术。人潮拥挤，围观的人渐多，看到精彩之处，人们忍不住喝彩。王精尚闭上眼睛，手脚所过之处，虎虎生风。

不一会，就有不少人在他面前的帽子里放了零钱。

放学后，陈二白带着黄希瑞走进路边一家看起来还不错的饭馆，两人摊开菜单，黄希瑞一看价钱居然那么贵，小声地对陈二白说："撤吧。"然后默默拉起陈二白的手，站起来准备要走。

陈二白一下子抓紧了黄希瑞的手，看了看她，然后对着服务员说："烤鸭半只，东坡肉一份，猪肉馅水饺一份，盐焗鸡半只……"

点完菜，黄希瑞一脸震惊地看着陈二白："你日子还能过下去吗？"

陈二白自信地点点头："放心吧。"

黄希瑞有些生气地说："你怎么还是这么大手大脚，才有一点钱你就挥霍？接下来的日子不用交水电费了，不用买生活用品了，还有下个学期的学费，天气凉了，我还没给你买保暖内衣……"

忽然陈二白飞快地朝着黄希瑞的脸颊上亲了一下。

黄希瑞惊讶地睁大眼睛，神情呆滞地看着陈二白，脸蛋通红。

然后两人各自低头看着别处，陷入沉默，不一会菜一一上来，陈二白小声地说了一句："我们吃吧。"

黄希瑞忽然偷偷笑了起来，开心地点着头，拿起筷子，开始大快朵颐，两人开心地吃着饭和菜，满嘴是油。

吃完饭后，两人走在街边，黄希瑞看见一家专卖女生小物件的平价小店，忍不住多看了两眼。陈二白见状，直接牵着她走了进去，黄希瑞在里面开心地东看西看。

她走到一个发卡展示柜面前，拿起一个发卡试了试，看着镜子里的自己，满心欢喜，然后小心翼翼地看了看后面的价钱，又轻轻地放了回去，拿起下面明显朴素很多的一个发卡试了试。

陈二白看在眼里，问黄希瑞："你喜欢吗？我送你。"

黄希瑞摇了摇头："不是很喜欢。"然后把发卡放了回去。

陈二白忽然把她试过的两个发卡都拿了下来，递给收银员："要这两个。"

黄希瑞轻轻拧了拧陈二白的胳膊说："我不要啊……你是捡到钱了吗？"

陈二白忽然认真地说："当我们老了，回首往昔，会发现这点钱，省没省下来，对我们的人生都不会造成多大的影响。"说完把付过钱的两个发卡递到了黄希瑞手中。

黄希瑞一脸蒙地看着陈二白："是真的吗……"

陈二白坚决地点点头，然后拉着黄希瑞走了出去。

两人手挽手走在路上，黄希瑞用省视的目光打量着陈二白，让陈二白有些不自在。黄希瑞忽然停了下来："你为什么今天怪怪的？"

陈二白："没有。"

不一会，两人就走到了他们命名的"挂满星星的街道"，陈二白抬头看了看夜空，依旧繁星点点。

黄希瑞一路步伐轻快，她挽着陈二白，哼着歌，一副开心满足的样子，牵着陈二白朝家里走去。

陈二白在后面拉了拉黄希瑞说："我们走慢点吧。"

黄希瑞转过头来，看了看陈二白，然后随意地点了点头，放慢了步伐，两人在温柔的星光下，慢悠悠地走在街道上。

黄希瑞忽然问："你会永远都对我这么好吗？"

陈二白："只要我在你身边，我都会对你这么好。我有一千块也全给你花，我有一千万也全给你花。"

黄希瑞："真的吗，你们金牛座不是很抠吗？"

陈二白："但对你不抠啊！"

黄希瑞："嘿嘿，这么好吗？"说完自己开心地笑了笑。

陈二白看着黄希瑞，忽然表情又变得凝重起来，小声地说："要不我们再掉头逛一逛吧。"

黄希瑞看了看他调皮地说："要不然，你来追我吧！"说完，就朝着家里的方向头也不回地跑去。

陈二白叹了口气，然后追了上去。

两人一路你前我后地跑着，不一会就到了家门口，两人气喘吁吁，鼻子通红。

黄希瑞熟练地打开了门，然后一脸奇怪地看着客厅、卧室都亮着的灯，转过头来看着陈二白。

陈二白站在家门口没有进去，表情很不自然地看着黄希瑞。

黄希瑞径直走进了家里，嘴里还念叨着："难道有人进来过……"说着脚边碰到了一个行李箱，低头一看，是自己的行李箱，她皱起眉头，用脚碰了碰，发现很沉，忽然又听见自己房间有声响，她快步走进去一看，一个中年妇女正在房间里，帮她收拾着东西。

她不可思议地喊了一句："姑姑？"

姑姑转过头来，看着黄希瑞一脸平静地说："你可算回来了。"

黄希瑞奇怪地问："你怎么在这里？"

姑姑看了看黄希瑞，又走到客厅，看向站在门口的陈二白，对黄希瑞说："小白没告诉你吗？"

黄希瑞看向陈二白，又看着姑姑："告诉我什么？"

姑姑："小白让我来把你接回去，跟我生活啊！你们这样的生活一团糟，根本连生存都是问题，更别说以后的人生规划了，你这么小就要放弃人生了吗……不要乱做选择……"

黄希瑞睁着大眼睛，冷冷地看着门口的陈二白，陈二白低着头不说话。

过了一会，姑姑又从卧室里把黄希瑞的一大袋东西提出来，放在客厅里，嘴里还在念叨着："应该没落下什么了吧。"

黄希瑞冷冷地问陈二白："你为什么不说话？"

陈二白依然沉默。

黄希瑞走上前去，扯了扯陈二白的衣服，忽然语气有点难过地又问了一句："你为什么不说话……"

陈二白低着头说："我们才十七八岁，人生很长，你不要傻乎乎地提前做了选择，以后会后悔的。"

黄希瑞："你让我走，是为了我好，对吧？"

陈二白点点头。

黄希瑞认真地看着陈二白："其实不是的。"

陈二白抬头看着黄希瑞。

忽然一滴泪水从黄希瑞眼角渗了出来，她哽咽地说："你明明只是尿而已，你害怕担当不起。"

陈二白没有说话，一脸难过的表情。

黄希瑞又哽咽着问了一句："你真不留我吗？"

陈二白点点头。

黄希瑞抬起手擦了擦眼睛，猛然转身拿起行李箱，一把拉了起来，朝门口走去，走到陈二白面前时，把两个新买的发卡一把塞进了陈二白的衣服口袋里，小声地说了一句："我们从此就不在同一个城市了，留着给你睹物思人吧。"然后头也不回地走了。

过了一会姑姑提着一袋东西也跟了出去，临走前对陈二白说："小白，你也早点回家吧，都别闹了。"说完追了上去。

陈二白看着黄希瑞的背影，听着行李箱轮子颠簸在地面的声音，紧咬着嘴唇，用力地抓着门框，接着声音和背影都渐渐消失在了夜色里。

陈二白推开便利店的门，失魂落魄的样子。

大华哥惊讶地看着他："你怎么了？"

陈二白摇摇头说："不好意思，跟你换了班，现在才来替你。"

大华哥担心地看着陈二白说了一句："没关系……"

陈二白一个人无声地站在收银台前，面无神采，静静地看着对面货架上的紫菜饭团发呆。

黄希瑞坐在姑姑的车上，一直沉默地看着窗外。

姑姑看了看后视镜，对黄希瑞说："瑞瑞，别再想了，他连开口留你的勇气都没有，你又怎么能把自己托付给他呢？"

黄希瑞一滴眼泪滑下来，自己擦了擦，然后小声地说："那是因为你们这些大人太坏了。你们用自己的眼光看待别人，总觉得凡事都需要你们认可。"

姑姑："你太幼稚了，瑞瑞。"

黄希瑞冷冷地说："我不幼稚，相反是你们总嘲笑我们一无所有，嘲笑我们想太多。但你们忘了你们自己年轻时同样窘迫。"

姑姑沉默，无可奈何地叹了一口气，继续开着车。

黄希瑞在后座小声抽泣起来。

陈二白清晨下班走回家，快到家时，远远看见那所破旧的房子，他停下了脚步，把双手插进衣服口袋里，盯着那扇靠近厨房的窗户。

他忽然回忆起在某个类似的早晨，黄希瑞在他耳朵里塞进一个耳机，他们一起听着一首歌，陈二白默默掏出手机插上耳机，放起了那首歌。那天他问她那是什么歌，黄希瑞骄傲地告诉他歌名："*Marching on*，中文名《继续向前》！"

他忽然惨淡地笑了起来，小声地自言自语道："其实你没说错，说什么为了你好，我其实只是尿而已。"说完他抬起头，看了看天空，泪湿润了眼眶。

大部分男孩都在嬉笑打闹、无所事事中度过前十多年，然后在某个时刻，会忽然平静地长大。

陈二白转身，原路返回。

第七章

纵有疾风来

COME
GHTER

"百馆大战"第三轮如期而至，这座城市又变得热闹起来。

陈二白在批发市场出租烤肠车的档口前，用力往里面挤，手里抓着三百块钱，嘴里大喊："张老板，张老板，留一辆给我，我就指着今天了！"

出租烤肠车的张老板在人堆里看见好不容易挤进来的陈二白，一脸嫌弃地看着他："上次租给你，你还给我的可是差点报废的车子，你滚吧，不租！"

陈二白和颜悦色地说："张老板，上次我不是赔偿你了吗？"

张老板："多的是人找我租，干吗给你？你有风险，赶紧滚！"

陈二白继续赔着笑脸说道："张老板，这样，晚上回来的时候，无论卖多少烤肠我都再分一部分利润给你可以吗？诚信生意。"

张老板打量着陈二白，在犹豫。

店铺后门忽然走出来一个人，奇怪地看着陈二白，陈二白发现那人正是自己的死对头老狗，他表情略显尴尬，老狗忽然看了看张老板说："爸，租给他吧。他是我同学，信得过的。"

陈二白惊讶地看着老狗。老狗也冷冷地看了他一眼，又对自己爸爸说："爸，他爸就是我们都很喜欢的那个拳手，振兴拳馆的那个。"

张老板看了看老狗，又看了看陈二白："你爸爸是那个总翻盘的老斗士？"

陈二白迟疑了一会，点点头说："对，他是我爸爸！"

张老板接过陈二白手里的钱，淡淡地说："门口第一辆，推走吧。"

陈二白开心地点着头："谢谢老板！"

陈二白推着烤肠车，往体育馆走去。

体育馆内，陈一琼在台下热着身，王胖子表情严肃地问："师兄，今天我们准备被谁打？"

陈一琼："什么？"

王胖子掌自己的嘴："不对不对说错了，今天我们和谁打？"

陈一琼看了看对面一个大块头对王胖子说："就那个。"

他们一起看向大块头，大块头正轻蔑地看着陈一琼。

王胖子小声说："来者不善啊！"

陈一琼表情严肃地点点头。

阿娟在旁边补充道："他是前些年的全国冠军啊！"

陈一琼和王胖子面面相觑。

陈二白推着车子走进体育馆旁边的广场上那一排小吃摊中

间，又站在了上次那个卖烤地瓜的人身边。

卖烤地瓜的一脸不友好地看着陈二白。

陈二白假装不在意的样子，开始吆喝起来："又香又脆的烤肠，热腾腾刚刚好，来一串只要两元！"

不一会，在他持续的吆喝声中，不少人围了过来，相继交钱买烤肠，生意颇为不错，陈二白熟练地拿着竹签穿起烤肠，然后递给顾客们。

卖烤地瓜的一脸不爽地看着陈二白。

陈二白忽然大喊了一声："旁边这家烤地瓜，也不错，大家也可以试一试！"不少顾客纷纷看向旁边的烤地瓜。

烤地瓜的听到陈二白这么一说，整个人一愣，脸上忽然浮现一些不好意思来，陈二白看向他，递给他一根烤肠客气地问："大哥，送你吃一根。"然后笑嘻嘻地看着地瓜哥。

地瓜哥犹豫地接过了烤肠，然后低头掰了一半烤地瓜也递给陈二白，礼貌地说："你也尝尝我的。"

陈二白开心地接过，咬了一口，夸张地说："好吃！"

地瓜哥也开心地笑了起来，然后两人相视而笑。

陈二白低头看了看身边空荡荡的位置，他又想起了黄希瑞。

体育馆里，陈一琼上了台。

主持人大呼："振兴拳馆，总是绝地翻盘的老斗士，陈一琼！"场内观众大声欢呼。

对手大块头也上了台，主持人大喊："热潮拳馆，前全国中量级冠军，唐海盛！现在可能已经是重量级了，外号'大块头'！"

观众继续欢呼喝彩着。

对决一触即发，大块头上来就出拳猛攻，忽然一个低鞭腿扫在陈一琼脚上，陈一琼疼得倒吸一口凉气。他迅速移动身位，不敢让大块头把自己逼到角落，不然迎接他的就是一顿暴打。

大块头步步紧逼，陈一琼吃力地格挡，在拳台上到处移动着位置腾挪躲闪着。

大块头嘴里骂骂咧咧的，陈一琼全神贯注，找到一个空当，朝着大块头一个用力的鞭腿扫了过去，谁知道大块头完全不躲，而是一手抓住他的腿，然后把陈一琼往角落里一推，陈一琼好不容易把腿抽出来，才发现自己被逼到了角落。

大块头把陈一琼堵在角落密不透风地攻击着。

王胖子在下面捏了一把汗，喃喃自语道："必须要出来啊，不然会被打死的。"

场外体育馆的广场上，人们看着被堵在一角的陈一琼和大块头潮水般的攻势，都惊呼起来。陈二白脸上挂着一丝紧张，他目不转睛地看着大屏幕上的直播。

地瓜哥在旁边说："老斗士凶多吉少啊！"

陈二白看了看他，有些生气地说："别乱说。"接着继续全神贯注地看着比赛。

陈一琼满头大汗，双臂被打得通红，一声声沉闷的击打声在他耳边回响，他忽然眉头一皱，居然令人惊讶地开始出拳反攻。

拳台上的两人像疯了一样，毫无防守地互相殴打着彼此。观众也被点燃了，全都声嘶力竭地呐喊着。

突然一记重拳落在陈一琼脸上，他感到眼前一黑，脑袋朝后，头重重地仰起。

台下师徒三人面色明显一紧。

大块头紧接着又是一拳，再次击打在陈一琼的头部。

陈一琼两腿一软，缓缓地向下倒去，脸重重地砸在地上。

大块头一脸得意地笑了笑，往后退了几步，开始高举双手。

陈一琼目无焦距地躺在地上，裁判在一旁开始倒数读秒。

主持人也惊叹："惨了，不倒翁的神话被打破了……"

全场观众也都安静地等着读秒。

远处的雷朋冷冷地看着拳台。

场外的大屏幕上，正是陈一琼苍白的脸的特写，他眼神毫无神采地朝着大家，仿佛已经没有了意识。

陈二白盯着父亲的眼睛，忽然神情激动地大声喊了一声："站起来啊！"

场内的陈一琼忽然抖动了一下，倒数读秒就快结束。

陈二白紧张地攥着自己的衣服。

忽然陈一琼抬起手一把抓住了拳台边的安全绳，眼睛恢复了神采，站了起来，摇晃着脑袋，嘴里用力地呼了一口气，仿佛刚刚活了过来一般。

场内场外的观众也都沸腾起来，主持人大喊："老斗士又站起来了！"

陈一琼平静地看着大块头，雷朋远远看着，陈一琼那熟悉的眼神，依旧是多年前那种平静中却带着一股不可战胜的霸气的眼神，他忍不住小声地骂了一句："妈的，又是这样。"然后站起来走了出去。

旁边的人喊道："雷哥，还没打完呢，你去哪？"

雷朋甩下一句："不用看了，振兴拳馆赢了。"

陈二白看着大屏幕里重新站起来的父亲，松了一口气。

大块头气急败坏地冲上来，又是一套组合拳，陈一琼抬起手格挡和闪避腾挪，等攻势结束，陈一琼放下双手，松了松自己的肩膀，一脸无恙地继续看着大块头。

大块头脸上开始露出一丝压力来。

大块头再次组织进攻扑了上来，陈一琼弯下腰一拳打在大块头肋骨上，接着一记勾拳正中大块头下巴。大块头朝后倒去。

全场欢呼雀跃，王胖子师徒三人开心地抱在一起。

主持人激动得大喊："振兴拳馆的老斗士，听说是个破产的生意人，年轻时也是个拳手，他那时候据说还有个如雷贯耳的外号，叫作——泰山……"

场内的欢呼声响彻云霄。

第二天报纸上，全是关于最终决战的消息，雷朋大战泰山。

师徒几人坐在饭桌旁，王胖子高兴地说："师父，你说会不会马上就有很多人来找我们学拳了。"

师父笑了笑："但愿如此。"

阿娟："我们这里会不会太偏僻，人家找不到啊？"

王胖子："有可能！不过有师兄在，再怎么偏僻，大家也会慕名而来的！"

陈一琼不好意思地笑了笑，然后几人低头吃着饭。

雷朋看着报纸上铺天盖地的"泰山"，面无表情地坐在沙发上。

一个尖嘴猴腮的人默默坐了过来，小声地说："朋哥，半路可不能杀出程咬金来，你一定会保证赢的吧？我们可是有局在的，好几个大老板押了不少钱，要最后赔了，我们都是要完蛋的。"

雷朋生气地看着那个人，暴躁地吼道："难道你觉得我会输吗？！"

那个尖嘴猴腮的人赶紧惊恐地摇摇头说道："我没有这个意思，朋哥。"

雷朋生气地站起来，来回踱步。忽然招呼了一小弟过来，把他带到角落，小声地交代着什么事情的样子。

陈二白白天在学校，他的同桌已经变成了一个男生，他默默地看着男生发呆。

男生紧张地看着他问："怎么了……"

陈二白缓过神来，摇了摇头，然后默默地趴在了桌子上，一脸的失落。

放学以后陈二白照常去便利店上班，大华哥突然提前来了，一脸抱歉地看着陈二白语气哀求地说道："小白，我异地恋的女朋友今天过来找我，所以你能不能帮我多看一晚上店？我明天再帮你全部上回来。"

　　陈二白笑着点点头说："没问题。你去吧，玩得开心点。"

　　大华哥点点头，迅速走了。

　　深夜，陈二白打着哈欠，一个面容淳朴的中年人忽然走进来，买了两罐啤酒，坐在收银台旁的小椅子上默默饮酒。

　　陈二白看了看他，正好自己也觉得挺孤独的，就没管他。

　　忽然中年人缓缓开口道："年轻人，你多大了？"

　　陈二白礼貌地回道："18 岁了。"

　　中年人点点头："挺好的，长大了烦恼可就多了。"

　　陈二白："叔叔，你是不是心情不好？"

　　中年人："是啊，要陪我聊聊天吗？"

　　陈二白笑了笑，无所谓地说："可以。"

　　大叔看了看他，又从货架上拿出一瓶啤酒，付了钱，帮陈二白打开，手上却有一些奇怪的小动作，仿佛在瓶嘴抹了些什么，但陈二白没看到。

　　中年人把啤酒递给了陈二白。

陈二白客气地摇摇头："上班时间不能喝酒，抱歉。"

中年人和蔼可亲地笑了笑，说了一句："理解！"然后举起自己的啤酒喝了一口，接着又朝着陈二白说，"你就轻轻抿一下，陪我意思意思总可以吧？"说完期待地看着陈二白。

陈二白看了看这位大叔人畜无害的样子，点点头，举起瓶装啤酒，轻轻抿了一下。

大叔开始唠唠叨叨地说着自己的烦恼，但陈二白渐渐眉头紧锁，觉得意识恍惚，耳边嗡嗡作响，觉得很疲惫，他默默地坐在收银台前，昏迷了过去。

第二天一早，陈二白感觉有人在用力摇晃他，他缓缓睁开眼睛，发现自己正趴在收银台上，他缓缓坐直了身躯，醒了醒脑袋，看见便利店的老板正在严肃地看着他。

他猛然站了起来，嘴里说着不好意思，然后一抬头，看见整个便利店空空如也，只剩下光溜溜的货架，他又低头看了看收银台，所有柜子都被打开，里面分文不剩。

他惊恐地看着老板："便利店是清仓不做了吗？"

老板忽然愤怒地大吼："我清什么仓？！"

陈二白看了看便利店又问："那是？"

老板抓起陈二白面前的好几个空啤酒罐，悉数用力地砸在了陈二白身上："那不是要问你吗？你个酒鬼上夜班喝那么多酒，便利店直接被人搬空了，这十几二十万的货品你要负全部责任！"

陈二白不可思议地看着老板，傻愣在原地。

便利店老板："你要么现在带我去银行取钱，要么赶紧把你家里人找来，不然我就送你去警察局！"说着揪着陈二白的衣服，将他整个人从收银台里扯了出来。

下午，陈一琼眼皮直跳，心里总感觉不舒服。他一个人坐在路边休息着，忽然看见师父气色奇差朝外走去，心里有些疑惑。陈一琼忍不住想跟踪师父一探究竟，看看他到底每天干吗去了。陈一琼抱着一颗想把师父从某个老太太手里拯救出来的心，鬼鬼祟祟地远远跟着师父，一路往闹市区走去。

他看见师父走到一个热闹的广场上，然后在脚边默默地放了一个帽子。陈一琼继续一脸不解地看着师父。忽然看见师父拉开架势，大喝了一声，闭上眼睛，缓缓地开始了打拳，并且所用拳术都是表演性质比较高的那一类。过了一会，有个路人上前丢了一枚硬币在师父的帽子里。

一阵寒风刮过，吹在师父单薄的身体上，衣服紧贴着，凸显出消瘦的身材。陈一琼默默地看着这一切，一股心酸骤然涌上心头，他长长地舒一口气，眼眶一热，泪水卡在眼眶里打转。

忽然他感到身旁有个人紧紧地抓着自己的衣服，他转头一看，看见同样两眼通红的阿娟。陈一琼小声地问他："你之前知道吗？"

阿娟摇摇头说："原来你的饭菜是这么来的，师兄……"

陈一琼难过地点着头。他不知道该如何是好，想走上前去把师父带回去，又怕自尊心极强的师父会觉得没面子，因为师父一生习武育人，最不屑做卖弄技艺的事情；但默默看着又心疼不已。他看着年迈的师父紧闭的双眼，感受到了师父心中的煎熬。

突然一辆摩托车闯进了广场，人群纷纷避让，该摩托车朝着师父直奔而去，陈一琼和阿娟远远看着，越看越不对，大惊失色地朝着师父全力跑去，同时大声喊着："师父，闪开啊！"

摩托车越来越近，师父听到巨大的动静和喊叫声，迅速睁开眼睛，只见一辆摩托车迎面驶来，师父用尽力气侧身躲开，还是被重重地蹭到了腰。摩托车扬长而去。师父一脸痛苦地倒在地上，表情扭曲地呻吟着。

陈一琼和阿娟赶来，阿娟在惊慌中手忙脚乱地去抬师父，陈一琼大声喝止："不能乱抬！"然后冷静地观察了一下师父，说了一句："师父挺住！"接着拿出手机赶紧拨打了120，不久之后，师父疼得昏迷了过去。

王胖子在唐老师家趴在床上，唐老师则在用祖传疗法帮他做着推拿，突然唐老师家的门被一脚踹开，进来两个警察大声喊着："警察，不许动！"

王胖子和唐老师两人惊慌地看着他们。

警察："接到群众举报，说这里从事不良业务，你俩跟我们走一趟。"

王胖子一脸纳闷地看着警察："什么不良业务？"

警察看他只穿了一条内裤，又看了看唐老师的体位，冷笑了一下："赶紧跟我们走一趟。"

王胖子一脸愤怒："凭什么？我们情侣在家正常活动也犯法？"

警察："正不正常回去就知道了，有人来我们这里举报，说你们这里就是经营色情业务的！"

王胖子一拍桌子生气地大喊："怎么，是谁冤枉我们？！"

警察上去摁着王胖子要带走他和唐老师，王胖子生气地拼命挣扎，和警察拉扯起来。

陈一琼和阿娟在医院陪着师父，陈一琼面色苍白，担心地看着昏迷的师父。

师父在一旁打着吊针，医生面色凝重地对陈一琼和阿娟说："情况是这样的，要赶紧动手术，还能保住条命，但无论如何，下半生很可能都要在轮椅上度过了……"

陈一琼着急地说："那现在就动手术！"

医生有些为难地说："我们医院规定要办妥手续，缴费完毕才能动手术。"

陈一琼看了看在病床上昏迷打着吊针的师父，赶紧扭头对阿娟说："你赶紧回去，找辆货车把拳馆里那些器材能卖的全拉走去卖了。"

阿娟点点头："放心，交给我吧！"转身头也不回地跑走了。

忽然陈一琼的电话响了起来，他接通电话"喂"了一声，然后表情渐渐变得僵硬，是陈二白打工的便利店打来的，他着急地说："你们稍等我一下，先别送警察局可以吗？"

陈一琼放下了电话，他绝望地闭上了眼睛，一副六神无主的样子，忽然电话又响了起来，他赶紧接通，电话那头传来："喂你好，我们是派出所，有个自称你师弟的人，刚刚不配合警察，现在被拘留在这里，你过来领一下人吧。"

陈一琼放下电话，已经面无表情，他默默地蹲了下来，感觉到了穷途末路，不知道为什么一天之内情况会变成这样。

　　电话却再一次响了起来，是阿娟的声音。陈一琼疲惫地问："阿娟，你不会也出事了吧？"

　　阿娟在那头哭着说："我没事，但是我回到拳馆的时候，门已经被砸开了，里面什么都没有了！师父怎么办？"

　　陈一琼默默地挂了电话，眼里满是愤怒，双拳紧握，手上全是青筋。

　　此时一个人缓缓地走来，站在陈一琼面前，声音低沉地说了一句："我能帮你。"

　　陈一琼猛然抬起头，看见雷朋站在自己面前，正用冷峻的目光看着自己，他疑惑地看着雷朋。

　　雷朋蹲下来，轻轻地拍了拍陈一琼的肩膀，然后搂了搂他，语气和蔼地说道："别哭丧着脸，我都懂，我明白的。"

　　陈一琼莫名其妙地看着他。

　　雷朋客气地把陈一琼扶了起来，牵着他的手对他说："来吧，来我车上坐坐，我教你怎么解决这些难题，好吗？"

　　陈一琼继续莫名其妙地看着他。

　　雷朋对着他点点头："相信我。"然后拉着陈一琼的手往医院外面走去，上了一辆宽敞的房车，两人面对面坐着。雷朋倒了两杯牛奶，递给陈一琼一杯，陈一琼推开，不耐烦地问："别一直莫名其妙的……"

雷朋把手里的两杯牛奶一饮而尽，然后擦了擦嘴对陈一琼说："你儿子被扣押在便利店老板那里，你师父在病房里等着交钱做手术，你师弟在警察局等着你去领出来，对吧？"

陈一琼疑惑地问："你怎么都知道？"

雷朋亲切地说："我当然都知道了，要不然怎么会来帮你？"

陈一琼看着他那副阴险的嘴脸，突然问："该不会跟你有什么关系吧？"

雷朋冷冷地笑了笑。

陈一琼一把揪过雷朋的衣领，抬手就是一拳朝他打去，雷朋敏捷地避开，接着把陈一琼的头摁着往后一撞，瞬间还了陈一琼一拳，又抱着他的头，一膝盖顶在了他脸上，陈一琼鼻子血如泉涌。雷朋忽然掏出一张手帕，帮他捂住了鼻血，冷静地对他说："来，自己捂着。"

陈一琼喘着粗气，拿手帕捂住自己鼻子，愤怒地看着雷朋。

雷朋继续语气冷静地对他说："跟我没关系，跟钱有关系。"

陈一琼认真地看着他。

雷朋接着说："你看，你儿子那需要钱，你师父那需要钱，你去警局领你师弟也需要钱。"

陈一琼："然后呢？"

雷朋："百馆大战，你别来搅局，我要稳赢。我现在就可以把你需要的钱都给你。"

陈一琼："我要怎么做？"

雷朋："到时候在台上，你坚持十五分钟，十五分钟之后，你不准再还手。让我一直打，打到你趴下为止。"说完静静地看着陈一琼。

陈一琼反问他："为什么是十五分钟？"

雷朋："等你赔率上去，让大家以为你要赢，都去押你。"

陈一琼："就这么简单？"

雷朋摊开手，对着陈一琼开心地笑了起来："对啊，就这么简单！"

陈一琼看了看窗外，思考了一会，然后说："好，十五分钟后，我不还手，让你打，直到我趴下！"

雷朋开心地看着陈一琼，抱着他的脸亲了一下，开心地点点头："你不要耍我，耍我的话，我会给你来更狠的。"

陈一琼也点点头："放心吧，我不敢。"

雷朋打开车门，走下车，对着车门外的小弟们交代了几句，一个小弟迅速跑进了医院，另一个小弟骑着摩托车走了，还有一个原地打了个电话。

雷朋转过头来对陈一琼说道："你的事情全都解决了。"

陈一琼缓缓走下车来，雷朋抱了抱他，陈一琼轻声说了一句："谢谢雷哥！"

雷朋摆摆手，然后上了车，车子缓缓启动，扬长而去。

陈一琼赶紧冲进了医院，发现师父正被医生推进手术室。过了一会，陈一琼收到短信，上面写着陈二白已经回家了。陈一琼坐在医院门口，一言不发，没过多久，王胖子赶到医院门口，看着陈一琼，着急地问："师父怎么样了？"

陈一琼："在手术室。"

王胖子："到底怎么回事？"

陈一琼摇摇头，反问他："倒是你，怎么回事？"

王胖子也摇摇头。

两人沉默不语。

陈一琼过了一会说："你在这里等师父出来，我去看看小白。"

王胖子点点头，陈一琼跑走，过了一会王胖子在身后大喊：

"小白他怎么了？"

陈一琼已经跑远。

陈一琼赶到便利店，看见一个淳朴的青年正在给货架装货，正是大华哥。

陈一琼礼貌地问他："请问小白之前是在这里打工吗？"

大华哥点点头："对啊！"

陈一琼："请问你知道他住哪吗？"

大华哥看着他："请问你是？"

陈一琼："我是他爸爸。"

大华哥用力点点头："你赶紧去看看他，他今天太不容易了……"说着大华哥拉着陈一琼走出门口，给他指了指方位。

陈一琼来到陈二白所住的房子面前，用力一顶门，门就开了，陈一琼缓缓走进去，屋里黑漆漆的，他打量了一下这间简陋的房子，见它被打扫得干干净净、收拾得整整齐齐，他欣慰地笑了笑，然后看见陈二白躺在沙发上，好像已经睡着了。

他坐在沙发旁的地板上，静悄悄地看着陈二白。

过了一会说："儿子对不起，爸爸我把我们的生活弄得一团糟，让你受了这么多委屈。你一直不肯原谅爸爸的那件事，其实爸爸因为自尊心没好意思告诉你真相，当年爸爸也是被人骗了，被人设局把钱骗光，还连累了你母亲。"

陈一琼抹了抹眼睛。

陈一琼："当年害我的那个人，我今天终于认出来了。爸爸会让他明白，不是每个人的命运都可以随意被操纵的。哪怕死去，我也会在擂台上坚持到最后一刻。顺便也是为了告诉你，不要随便放弃。"

片刻之后，陈一琼站起来，默默关上门，他走了出去。寒冷的夜晚，他眼里透出一股平静，这种平静，是巨浪袭来却纹丝不动摇的平静。

陈二白在沙发上，默默睁开眼睛时，早已经泪流满面。他突然爬起来，披上一件外套，冲出了门。他抓过家门口停着的一辆自行车，从口袋里默默掏出两个崭新的发卡看了看，然后又放了回去。他戴上耳机，听着那首 *Marching on*，骑上单车，面朝寒风用尽全力地向远方踩去。

他经过郊区，经过闹市区，经过大桥，经过国道，一路朝着黄希瑞的城市踩去。汗水在他发梢、在他脸颊都结成了冰。

第二天早晨，陈二白全身打着寒战推着车，站在了一个高档小区对面，嘴唇不断颤抖，站了十多分钟，他忽然看见黄希瑞穿戴整齐面无表情地从小区里走出来。他张大嘴，想喊一声，却发现喉咙已经因风寒侵袭发不出声音来。

他用力地朝着黄希瑞招手，用尽全身力气跳起来。

但黄希瑞并没有看见他，而是上了小区门口的公交车，站在窗口，眼神放空地看着远处，车子缓缓启动。

已经冻得全身僵硬的陈二白努力地推着车，在后面步履艰难地跑着，用力地招着手，喉咙努力地发出沙哑低沉的喊声。

渐渐车上的人注意到了外面这个奇怪的少年，有人小声地说了一句："这个乞丐好可怜啊！"

黄希瑞听见，忍不住好奇地抬头看了一眼，然后表情震惊地趴在窗边，静静地盯着陈二白。

陈二白和她四目相对，招手招得更用力了。

黄希瑞赶紧喊着前方的司机："司机大哥，停车停车！司机大哥……"

公交车发车没多远，此时缓缓停下，门开了，黄希瑞走下车来，车子又开走了。黄希瑞看着面前的陈二白，陈二白脸冻得干裂，头发和脸颊全是冰晶。

陈二白红着眼睛，累得瘫坐在了雪地上，默默掏出两个发卡，递向黄希瑞，黄希瑞接过，小声地问他："你骑车来的？"

陈二白点点头。

黄希瑞又小声地问："你是个傻子吗？"

陈二白哭丧着脸，努力挤出微笑，又点点头。接着陈二白用手指，在雪地上缓缓写下几个字。

写完抬头看着面前的黄希瑞。

黄希瑞看着雪地，上面歪歪扭扭地写着："我可以把赚到的钱都给你花吗？"

黄希瑞傲娇地点点头说："可以。"

陈二白吸了吸鼻子，又在下面缓缓写下几个字："你介意暂时没那么多吗？"

黄希瑞又摇摇头说："不介意……"

陈二白坐在雪地上，继续颤颤巍巍地写着歪歪扭扭的字："那你可以留在我身边吗？"

黄希瑞忽然红了眼睛，眼泪一滴滴地掉在雪地上，看着陈二白认真且用力地点了点头。陈二白笑着流出了眼泪，也用力点了点头。

黄希瑞一下扑到他身上，两人紧紧地抱在一起。

微风吹来，使得一旁的雪花轻轻扬起，甚是温柔；初升的太阳将光洒在冰清玉洁的地面，使得大地明亮耀眼。微风卷起了雪花，温暖和煦的阳光停在了在路旁相拥的两人脸上与发梢上，让他们两个人看起来温柔明亮又耀眼。

　　师父在病床上缓缓醒来，看见身旁的王胖子。

　　王胖子看着师父，一脸歉疚地说："师父，我们都知道了，是我们没照顾好你，还让你出了意外。"

　　师父拍了拍他的手轻声说："人各有命，不关你们的事。"

　　王胖子叹了一口气。

　　师父继续说道："拿着药出院吧，师父想回拳馆躺着。"

　　王胖子："我先去问问医生吧。"

　　师父："别管他们了，我这把年纪了，能自在一会是一会。"

　　王胖子点点头，轻轻地抱起师父，把他放在轮椅上，盖好毛毯，推了出去。

　　两人默默地往拳馆走去，冬日的暖阳洒在他们身上。不一会他们回到了拳馆，器械都还在，阿娟在擦地板，陈一琼在负重打着沙袋，他们都停了下来，看着门口的师父。

　　师父对他们笑了笑。

　　两人也对师父开心地笑了笑。

大家一起把师父推进房间，缓缓放到床上，给他盖好被子。

王胖子突然看了看大家说："趁大家都在，我想公布个消息。"

大家都看着他。

王胖子说："我要结婚了。"

陈一琼："和谁？"

王胖子有点害羞地说："和小白的班主任……"

另外三人都惊呆了。

王胖子又对师父说："师父，我无父无母，就让你来帮我主持吧到时候。"

师父面色复杂地看着王胖子，忽然缓缓说道："你不是无父无母。"

王胖子奇怪地看着师父，师父又对他说："我给你的那张照片还在吗？"

王胖子点点头，师父说："你去把它拿来。"

王胖子一头雾水地走出房间，从自己日记本里掏出了那张照片回到师父房间，师父又指了指柜上一幅背朝外放的画："你把那个也拿下来。"

陈一琼看着两人开心地笑了起来。

王胖子不明所以地将那幅画取了下来，翻过来一看，皱起了眉头，然后又拿着手边的照片看了看，又看了看面前的柜子和房间，发现一切都一模一样。

王胖子突然神情激动地说："我明白了。"

大家都看着他。

王胖子："原来我的父母来过这个房间！"

大家都沉默了。

陈一琼用力拍了拍王胖子的头气急败坏地说道："师父就是你爸啊，傻子！"

王胖子一脸震惊地看着师父，或者说看着他爸。

师父缓缓开口道："你妈难产，生完你就走了。我一个男人，独自把你养大，但我做了半辈子师父，那年却是第一次做爸爸，我不知道怎么做一个爸爸，所以这些年一直让你叫我师父。"

王胖子默默跪了下来，紧张地问："所以师父，其实……你是我爸？"

师父点点头。

王胖子突然笑了起来，红着眼睛，过了一会说："其实我从小也一直觉得师父就像我爸爸，一直想喊，一直不敢……"

师父开心地摸了摸王胖子的脑袋："毕竟做师父，比做爸爸要酷一些，你们懂的吧？"说完，师父从床边拿起一副墨镜，默默地戴上，对着众人摆了摆手说，"出去吧，让我休息一会。"

陈一琼和阿娟出去了。王胖子看了看爸爸，帮他盖了盖被子，也走了出去。

过了一会，两行老泪从师父戴着墨镜的眼睛里流淌出来，师父脸上挂着幸福而满足的微笑。

王胖子呆呆地站在拳馆中央，突然飞奔着冲出了拳馆。

陈一琼和阿娟紧张地跟了出去，不知道他又怎么了。只见王胖子一路冲进了路边的农田，振臂高呼着："我有爸爸了！"

陈一琼和阿娟对视了一下，陈一琼问阿娟："你爸爸呢？"

阿娟："以前被我气死了。"

陈一琼："对不起。"

阿娟："没关系。他在天之灵看见现在的我，一定会原谅我的。"

陈一琼看了看他，又问他："你爸爸生前是干什么的？"

阿娟叹了一口气说："夜场保安。"

陈一琼点点头，小声念叨了一句："怪不得……"

第八章

我们的战争

COME
GHTER

这座城市，又有好久没有像今天这样万人空巷了。有时间的人大部分都往体育场而去，没时间的人也都停下了手中的事情，看着直播。

因为今天是"百馆大战"的最终决战。

所有人都在等着看几个月前那位象征着繁荣，却因为破产而惨遭围观的厂长，是否能再次绝地翻盘。

也在等着看几个月前那位象征着不败，却因为醉后负气打赌而丢掉武馆的老师父，他的拳馆是否能创造一次奇迹。

陈一琼一脸平静地坐在更衣室里默默缠着手，看着墙上的钟，时间一分一秒地流走。过了一会，门被推开，王胖子走进来看了看陈一琼笑着说："师兄，该出场了。"

陈一琼点点头，站起身来，和王胖子一起走在昏暗的出场通道时，听见外面早已经人声鼎沸。陈一琼走出来，看见轮椅上的师父正紧紧握着振兴拳馆的旗子。

他对师父笑了一下，师父对他点点头。

雷朋在台上活动着筋骨，陈一琼也缓缓上了台。

陈二白和黄希瑞坐在外面的大屏幕下方。

黄希瑞问陈二白："你说你来都来了，为什么就是不进去呢？"

陈二白："不忍心在现场看。"

黄希瑞笑了笑，看着陈二白："因为是你爸爸？"

陈二白沉默了几秒，坚定地点点头。

忽然整个广场上的人欢呼起来，决赛已经开始。

陈一琼一改往常防守反击的套路，和雷朋上来就进入了对攻的状态，几度看似落下风，却又灵活反转。陈一琼挨了两记重拳的瞬间，竟然还能顽强地反手一记回击，引得全场惊呼。雷朋后退了两步，冷漠地看着陈一琼："演得不错……"

陈一琼没等他话说完又上前去进攻，雷朋努力防守躲避着，嘴里还小声地念叨："十五分钟差不多了，现在已经关闭盘口了。"

陈一琼和雷朋两人都气喘吁吁地对视着，陈一琼忽然笑了笑："那就好。"

雷朋："完成你的承诺吧。"

陈一琼："放心。"

雷朋会意地笑了一笑。

陈一琼忽然目光平静，认真地看着雷朋说："我会完成对亡妻的承诺，我会完成对儿子的承诺，我会完成对师父的承诺。"

接着两人扭打在一起。

雷朋喘着粗气问："什么意思……拿完钱你想耍我？"

陈一琼："所有事情都是你做的，那些钱不该你出吗？况且小田，我还记得你……"

雷朋脸色骤变。

两人胶着地缠打在一起，仿佛已经不是传统的擂台搏击，更像是街头的野架。陈一琼身体各处不断承受着来自雷朋手肘、膝盖、拳头的重击；但他却丝毫没有退缩的意思，也在各个见缝插针的时刻回击着。

忽然，陈一琼被雷朋抱起，接着一声闷响，他整个人重重地砸在了拳台上，一口血从他嘴里溢出，雷朋骑在他身上，伴随着怒吼，双拳如狂风暴雨般落下。

陈一琼努力保持着意识清醒，两只手臂紧紧地护住头部。

接着陈一琼被雷朋抓着头发提起，再次抱起狠摔在台上。

体育馆看台上鸦雀无声，只有擂台上一声声沉闷的击打声。

接着又是同样的招数，又是同样的闷响，陈一琼第三次被重重地摔在台上。雷朋看着面前这个满脸是血、气息微弱的对手，陈一琼在努力喘息。过了几秒，雷朋一脸疑惑地看着裁判大声吼道："你愣着干吗？读秒啊！"

被殴打场面吓住的裁判才缓过神来，迅速冲上去开始读秒，第一声读秒，陈一琼就自己支撑着身体，又站了起来。

雷朋推开一旁的裁判，冲上去几拳把陈一琼逼到角落里，又开始变换着方向上下齐攻，陈一琼丝毫没有要认输的样子，令人诧异地在狭窄的角落里奋力出拳回击，两人的脑袋都时不时因为剧烈的击打向后仰起。

雷朋张着嘴，不可思议地朝后退去，陈一琼步履蹒跚地跟上前去，继续出拳，一下子重重地打在雷朋脸上，雷朋的护齿都飞了出来。

雷朋脸上的表情已经扭曲，此时陈一琼再次挥出一拳，被雷朋顺势接过手臂就是一个过肩摔。

陈一琼第四次被重重地摔在拳台上，他砸下的位置已经血迹斑斑。

体育馆外围观群众脸上的表情从一开始的兴奋，已经渐渐转变为震惊。

陈二白紧紧攥着黄希瑞的手。

陈一琼又站了起来，嘴里的血缓缓淌下。雷朋右手抬起，一记用尽全身力气的重拳朝着陈一琼呼啸而去。

陈一琼抬起手臂护住自己头部。

此时后场直播负责人对摄像师说："赶紧把直播掐断，这次太血腥了，不能再播了。"

忽然整个城市在关注这场对决的人都在这一瞬间失去了现场画面。

体育馆外的群众一脸茫然地看着忽然变黑的大屏幕。

陈二白缓缓站起身来，朝着四周看了看，远处各个商铺的人们也走出门来，一脸茫然地看向体育馆。

旁边一个路人忽然说："最后那一下打过去，不会是出人命了吧……怎么直播全都没了……"

陈二白心口一紧，害怕地看着面前巍峨的体育馆，渐渐所有人都看着体育馆，里面既没有欢呼声，也没有呐喊声传出来，巨大的沉默笼罩了它。

雷朋这一拳，直接撑开了陈一琼双臂严密的防守，直击面门，陈一琼的头高高仰起之后像饱满的麦穗，重重地垂了下来，血一滴滴地滴在地板上。

过了几秒，陈一琼微微抬起头，静静地看着雷朋，又缓缓地把手臂继续抬起，放在自己脸前，像一尊雕像一般，巍峨不动。

雷朋暴躁地怒吼着，冲上前去，再次挥出狂风暴雨般的双拳，打到自己没有一丝力气，气喘吁吁地盯着陈一琼。

全场观众也都沉默着，看着角落里丝毫不动弹的陈一琼。

一向淡定的师父，担心地看了一眼王胖子和阿娟。

紧接着陈一琼缓缓朝下滑去。

主持人伤感地说："看来是结束了。"

忽然，陈一琼的右手扶住了旁边的缆绳，一口血用力地吐在了地板上，他的眼睛已经睁不开了，却仍然朝着雷朋的方向摇了摇头。

观众们都沉默地捂着因惊讶而张开的嘴。

师父也用力地支撑着轮椅，强行站直了身体，然后单手吃力地支撑着身子，另一只手则缓缓举起"振兴拳馆"的旗子，有力地在半空中摇着。

雷朋忽然腿一软，朝后重重地坐在了拳台上，嘴角微微渗出血迹来，他双眼呆滞地看着陈一琼紧闭的双眼。

雷朋眼神里忽然透出了一股平静。

几秒过后，雷朋躺在了拳台上，头缓缓转向裁判，裁判惊讶地看着雷朋。

雷朋忽然小声地说："我认输了……"然后一滴眼泪从他眼角滑出，流淌在了拳台上。

陈二白看着面前整个依然寂静无声的体育馆，突然惊慌地朝着体育馆跑去，黄希瑞紧随其后。

却就在这一瞬间，体育馆里爆发出突如其来的巨大喊叫声，里面传来一声接一声的"泰山"，振聋发聩，铺天盖地。

陈二白停了下来，转过头惊魂未定地看着黄希瑞，黄希瑞看了看体育馆，又看了看陈二白，忽然轻松地笑了。

体育场外所有人也都高呼着"泰山"，这个呐喊声，从体育馆蔓延开去，直至城市里每一个角落。然而除了体育馆里的人，其他人都不知道陈一琼是怎么赢得了最终胜利的，但都高喊着陈一琼的外号……

每个人都像是赢得了一场战争般欢欣鼓舞。

半个月后。

黄昏时分，陈二白和陈一琼坐在路边的一个小饭馆里，两人面对面而坐，桌上放着几盘小菜。

两人都欲言又止的样子。

忽然陈一琼从兜里摸出一包香烟，自己拿出一支叼在了嘴里，又抬头看了看对面坐着的陈二白，然后又拿出一支香烟递到了陈二白面前。

陈二白有些诧异地看着陈一琼，陈一琼略微有些羞涩地对陈二白笑了笑。

陈二白突然对着那支香烟摆了摆手，小声地说了一句："其实我早就没抽了……"

陈一琼有些惊讶地看了看陈二白，低下头，又笑了笑，皱纹在他脸上蔓延开来，他眼眶湿润起来，接着一言不发地把自己的烟掐灭了，然后把烟盒揉成一团，轻轻地丢在了一旁的垃圾桶里。

陈一琼轻声地说了一句："那爸爸也不抽了。"

说完抬起头看着陈二白，两人有些尴尬地对视了一会，父子二人忽然温暖地相视一笑。

夕阳西下，父子二人走在一条长长的坡道上。

陈一琼："儿子，你有没有听过王小波的一句诗。"

陈二白："哪句？"

陈一琼："当我跨过沉沦的一切，向着永恒开战的时候，你是我的军旗。"

陈二白："爸爸，这为什么听起来像是一句情诗？"

陈一琼："是吗？"

陈二白："对啊！"

陈一琼："我爱你。"

陈二白："我也爱你。"

说着陈一琼搂了搂陈二白的肩膀。

这座城市，一切如昨。

所有人都面无表情地行走生存着，看起来是那么平淡无奇。

只是生活里，每个人都有自己无声的战争。

并且不要忘了，很多时候我们的战争其实没有输，只是还没有赢。